Obyčejný život
Karel Čapek

Obyčejný život
Copyright © JiaHu Books 2014
First Published in Great Britain in 2014 by JiaHu Books –
part of Richardson-Prachai Solutions Ltd, 34 Egerton
Gate, Milton Keynes, MK5 7HH
ISBN: 978-1-78435-104-5
A CIP catalogue record for this book is available from the
British Library
Visit us at: jiahubooks.co.uk

"Ale jděte," podivil se starý pan Popel. "Tak on už umřel? A co mu vlastně bylo?"

"Skleróza," řekl doktor krátce; chtěl něco dodat o věku, ale podíval se úkosem na starého pána a neřekl nic.

Pan Popel chvilinku přemítal, že u něho je, chválabohu, zatím všechno v pořádku; ne, necítí nic, co by jaksi ukazovalo na to nebo ono. "Tak on už umřel," opakoval roztržitě. "Vždyť mu nemohlo být ani sedmdesát, že? Byl jen o něco mladší než já. Já jsem ho znal… my jsme se znali jako hoši ve škole. Pak jsem ho neviděl léta letoucí, až když přišel do Prahy do ministerstva. Sem tam jsem ho potkával… jednou nebo dvakrát za rok. Takový řádný člověk to byl!"

"Hodný člověk," povídal doktor a uvazoval dál růžičku k tyči. "Já jsem ho poznal tady na zahradě. Jednou na mě někdo volá přes plot: ‚Promiňte, který je to Malus, co vám tamhle kvete? ' ‚To je Malus Halliana,' povídám, a pozval jsem ho dovnitř. To víte, jak se dva zahradníci sčuchnou. Někdy se tu stavil, když viděl, že nemám nic jiného na práci, – a vždycky o kytičkách. Ani jsem nevěděl, kdo a co vlastně je, až když mě dal zavolat – To už s ním bylo tuze spatné. Ale zahrádku měl pěknou."

"To mu je podobné," mínil pan Popel. "Co ho pamatuju, byl takový spořádaný a svědomitý člověk. Dobrý ouřada a tak. Člověk vlastně ví hrozně málo o takových slušných lidech, že?"

"On to napsal," řekl doktor najednou.

"Co napsal?"

"Svůj život. Loni u mne našel nějakou slavnou biografii a říkal, měl prý by se jednou napsat životopis obyčejného člověka. A když začal stonat, dal se do sepisování svého vlastního života. Když… když se mu přitížilo, dal mi to. Asi neměl, komu by to odkázal." Doktor maličko váhal. "Já bych vám to dal přečíst, když jste jeho starý kamarád."

Starý pan Popel se jaksi dojal. "To byste byl moc hodný. To víte, že bych mu to rád udělal…" Patrně mu to připadalo jako nějaká služba mrtvému. "Tak on, chudák, napsal svůj vlastní životopis!"

"Hned vám to přinesu," děl doktor, odlamuje pozorně vlka na kmínku růže. "Koukejme, jak by ten kmínek chtěl být šípkem. Pořád se v něm musí potlačovat ta druhá růže, ta planá." Doktor se vztyčil. "Aha, já jsem vám slíbil ten rukopis," řekl roztržitě a obhlédl svou zahrádku, nežli šel, jakoby nerad.

Tak on umřel, myslil si tesklivě starý pán. To tedy musí být docela obyčejná věc, umřít, když to i takový pravidelný člověk dovede. Ale jistě šel nerad – proto snad psal ten svůj životopis, že na tom životě lpěl. Kdo by to řekl: takový spořádaný člověk, a ryc, umře.

"Tak tady to máte," řekl doktor. Byl toho důkladný, čistě srovnaný svazek archů, pečlivě ovázaný stužkou jako fascikl vyřízených aktů. Pan Popel to vzal dojatě do rukou a listoval první stránky. "Jak je to čistě psáno," vydechl skoro zbožně. "To je vidět starého byrokrata; za jeho časů, pane, ještě nebyly psací stroje, všechno se psalo rukou; tehdy se tuze dbalo na pěkný a čistý rukopis."

"Dál už to není tak čistě psáno," bručel doktor. "To už hodně škrtal a pospíchal – Ani rukopis není potom tak plynulý a pravidelný."

To je divné, myslil si pan Popel; číst písmo nebožtíka, to je jako se dotýkat mrtvé ruky. I na tom písmu je něco umrlého. Neměl bych si to brát domů. Neměl jsem říkat, že si to přečtu.

"Stojí to celé za čtení?" ptal se nejistě.

Doktor pokrčil rameny.

I.

Před třemi dny jsem přiklekl na zahrádce k rozkvetlému trsu dlužichy, abych ji očistil od plevele; měl jsem slabou závrať, ale to se mi stávalo častěji. Snad ta závrať způsobila, že se mi to místo zdálo krásnější než kdy dosud: jiskřivě rudé klásky dlužichy a za nimi bílé, chladivé laty tavolníků, – bylo to tak krásné a skoro tajemné, že mi šla hlava kolem. Na dva kroky ode mne seděla na kameni pěnkavka, hlavičku na stranu, a dívala se na mne jedním okem: Co ty vlastně jsi? Ani jsem nedýchal, bál jsem se, že ji zaplaším; cítil jsem, jak mi bouchá srdce. A najednou to přišlo. Nevím, jak bych to popsal, ale byl to strašně silný a jistý pocit smrti. Skutečně to neumím jinak vyjádřit; myslím, že jsem zápasil o dech či co, ale jediné, čeho jsem si byl vědom, byla nesmírná úzkost. Když to polevilo, klečel jsem ještě, ale měl jsem plné ruce urvaného listí. Opadlo to jako vlna a nechalo to ve mně smutek, který nebyl nepříjemný. Cítil jsem, jak se pode mnou směšně třesou nohy; šel jsem si opatrně sednout a říkal jsem si se zavřenýma očima: Tak tady to máme, už je to tady. Ale nebyla to žádná hrůza, jenom překvapení, a vědomí, že si to musím nějak vyřídit. Potom jsem se už odvážil otevřít oči a pohnout hlavou; bože, jak se mi ta zahrádka zdála krásná, jako nikdy, jako nikdy; vždyť já nechci nežli takto sedět a dívat se na světlo a stín, na odkvétání tavolníků a na kosa, který se potýká se žížalou. Kdysi dávno, včera to bylo, jsem si umiňoval, že příštího jara vyndám dva trsy ostrožek napadené padlím a nahradím je jinými. Už to asi neudělám, a napřesrok tu vyrostou sazenice znetvořené jako malomocenstvím. Bylo mi toho líto, bylo mi líto mnoha věcí; byl jsem jaksi měkce dojat nad tím, že mám odejít.

Trápilo mě, že bych snad měl o tom říci své hospodyni. Je to hodná paní, ale rozčiluje se jako kvočna; bude zděšeně pobíhat s tváří napuchlou pláčem a všechno jí bude padat z rukou. Jen žádné nepříjemnosti a žádný zmatek; čím hladčeji se to vyřídí, tím lépe. Musím dát do pořádku své věci, řekl jsem si s úlevou; chválabohu, mám tedy na pár dní co dělat. Mnoho-li práce dá člověku, který je vdovec a penzista jako já, aby si udělal pořádek ve svých krámech? Už asi nevyměním ostrožky a nezmladím v zimě zababčené dřevo dříšťálu; ale v mých zásuvkách bude čisto a nebude v nich nic, co by připomínalo nevyřízený akt.

Zapisuji podrobnosti té chvíle proto, aby bylo zřejmo, jak a proč ve mně vyvstala ta potřeba dát své věci do pořádku.

Měl jsem pocit, že jsem něco podobného už zažil, a dokonce ne jenom jednou. Kdykoli jsem na své úřední dráze byl přeložen někam jinam, dával jsem do pořádku psací stůl, který jsem opouštěl, abych na něm nenechal nic nehotového a přeházeného; naposledy to bylo, když jsem odcházel do penze; desetkrát jsem všechno list po listu prohlédl a přerovnal, a ještě jsem otálel a znovu chtěl všechno probrat, nezapadl-li tam nějaký papírek, který tam nenáleží nebo měl být vyřízen. Odcházel jsem, abych si odpočinul po tolika letech služby; ale mé srdce bylo těžké a ještě dlouho se mi vracívala starost, nezůstalo-li po mně něco bůhvíkde založeného nebo nepotvrzeného posledním Vidi.

To tedy jsem už několikrát prožíval, a proto se mi i nyní ulehčilo, že mohu konat něco známého; přestal jsem se bát, a překvapení, které mi způsobil pocit smrti, se rozplynulo v úlevě jakési známosti a důvěrnosti. Myslím, že proto lidé mluví o smrti jako o spánku nebo odpočinku, aby jí dali tvář něčeho, co znají; proto doufají v setkání s drahými zesnulými, aby se neděsili toho kroku do neznáma; snad i poslední pořízení dělají proto, že se tím ze smrti člověka stává důležitá hospodářská událost. Hle, není čeho se bát; to, co je před námi, má podobu věcí, jež dobře a osobně známe. Udělám si pořádek ve svých věcech, nic víc, nic jiného; nu, chválabohu, tohle mi nebude tak těžké.

Dva dny jsem se probíral ve svých papírech; nyní jsou srovnány po pořádku a ovázány stužkami. Jsou tam všechna má vysvědčení od první třídy obecné školy; bože co tam je těch jedniček, které jsem vítězoslavně nosil domů a za které mě tatínek hladíval tlustou rukou po vlasech, říkaje pohnutě: Jen se drž, hochu! Křestní a domovský list, oddací list, jmenovací dekrety, všechno je srovnáno a nic nechybí; divže jsem to neopatřil jednacími čísly a literami. Všechny dopisy mé nebožky ženy; je jich maličko, neboť málokdy a jen krátce jsme nebývali spolu. Něco dopisů od přátel – a to je všechno. Je to několik ovázaných svazečků v zásuvce stolu. Nechybí nic, než abych ještě napsal na arch papíru čistopis žádosti: XY, státní úředník na odpočinku, žádá o přeložení na onen svět. Viz doklady A až Z.

Byly to tiché a skoro milé dva dny, když jsem se zabýval svými lejstry; krom té bolesti u srdce mně odlehlo – snad to dělal ten klid, stinný a chladný pokoj, venku čirikání ptáčků a přede mnou na stole staré a trochu dojemné listiny: krasopisná školní vysvědčení, dívčí písmo mé ženy, tuhý papír úředních dekretů, – byl bych toho rád pročetl a urovnal víc, ale můj život byl jednoduchý; měl jsem vždycky rád pořádek a nikdy jsem neschovával zbytečné papíry. Můj bože, nemám ani co uspořádat; takový to byl nesložitý a obyčejný život.

Už není co rovnat, ale ještě je ve mně ta – jak bych to řekl? – mánie pořádku. Zbytečně natahuju hodiny, které jsem už natáhl před chvílí, a zbytečně otvírám zásuvky, není-li v nich ještě něco, co jsem přehlédl. Vzpomínám na své někdejší úřady: nezůstalo tam něco, co bych byl nedokončil a neovázal stužkou? Už nemyslím na pěnkavku, která na mne pohlédla jedním okem, jako by říkala: Co ty vlastně jsi? Ano, všechno je připraveno, jako bych odjížděl na cesty a čekal, až přijede vůz; náhle je člověku nějak pusto, neví, co ještě vzít do rukou, a rozhlíží se pln nejistoty, zda na něco nezapomněl. Ano, to je to, neklid. Hledal jsem, co bych ještě dal do pořádku, a nic už tu nebylo: jenom ten nepokoj, nepřehlédl-li jsem něco důležitého; taková hloupost, ale botná to jako úzkost, jako fyzická tíseň u srdce. Budiž, tady už není co rovnat; ale co teď? A tu mne napadlo: dám do pořádku svůj život, a je to. Zkrátka a dobře to napíšu, abych to srovnal a ovázal stužkou.

Zprvu mně to přišlo skoro k smíchu: Proboha tě prosím, nač to a co s tím? Pro koho bys to psal? Takový obyčejný život: co je tady vůbec co psát? Ale to už jsem věděl, že to budu psát, jenom jsem se ještě bránil, jaksi ze skromnosti nebo čeho. Jako dítě jsem viděl v sousedství umírat stařenu; maminka mě tam posílala, abych jí donesl nebo podal, kdyby něco chtěla. Byla to samotářská bába, nikdy ji nebylo vidět na ulici nebo s někým mluvit; děti se jí trochu bály, že byla tak sama. Jednou mi maminka řekla: Teď tam nesmíš, je u ní pan farář a zpovídá ji. Nemohl jsem pochopit, z čeho se taková osamělá babička může zpovídat; měl jsem chuť přitisknout nos na sklo jejího okýnka, abych viděl, jak se zpovídá. Pan farář tam byl nekonečně a tajemně dlouho. Když jsem tam potom přišel, ležela s očima zavřenýma, a její tvář měla výraz tak pokojný a slavnostní, že mi bylo úzko. Chcete něco? vyhrkl jsem; zavrtěla jenom hlavou. Teď vím, že také ona udělala pořádek ve svém životě, a v tom že je svátost umírajících.

II.

Je to pravda: proč by se neměl napsat takový docela obyčejný život? Předně je to má soukromá věc; snad bych to nepotřeboval psát, kdybych to měl komu vypravovat. Tu a tam se člověku připlete do řeči vzpomínka na něco minulého, i kdyby to bylo jen na to, co vařívala maminka. Při každé takové zmínce kývala má hospodyně soucitně hlavou, jako by říkala: Ano, ano, mnoho jste zkusil; já to znám, já měla také těžký život. S ní se nedá mluvit o takových obyčejných věcech; je příliš lítostivé povahy a hledá na všem jen to, čím se dojmout. Jiní zase naslouchají vzpomínkám na půl ucha a netrpělivě, aby mohli skočit do řeči: To u nás a za mých mladých let bylo tak a tak. Mívám dojem, že se lidé svými vzpomínkami jaksi vychloubají; honosí se tím, že za jejich dětství panoval záškrt nebo že zažili tu velikou vichřici, jako by to náleželo k jejich osobním zásluhám. Snad každý člověk má potřebu vidět ve svém životě cosi pozoruhodného, důležitého a přímo dramatického; proto rád upozorňuje na zvláštní události, které prožil, a očekává, že se pro ně stane předmětem zvýšeného zájmu a obdivu.

V mém životě se nestalo nic mimořádného a dramatického; mám-li nač vzpomínat, tedy jen na klidný, samozřejmý, skoro mechanický průběh dnů a let až po konečný bod, který je přede mnou a který bude, doufám, stejně málo dramatický jako to ostatní. Musím říci, že při pohledu nazpět nalézám přímo zalíbení v té přímočaré a jasné cestě, která je za mnou;

má to svou krásu jako dobrá a rovná silnice, na níž nelze zabloudit. Jsem skoro hrd na to, že je to taková správná a pohodlná cesta; mohu ji obsáhnout jediným pohledem až po dětství a znovu se potěšit její zřetelností. Jaký krásný, obyčejný a nezajímavý život! Nikde žádné dobrodružství, žádný boj, nikde nic výjimečného nebo tragického. Je to tak pěkný a dokonce silný pohled jako na správně běžící stroj. Zastaví se, aniž zahrkal; nic nebude skřípět, doběhne tiše a odevzdaně. Tak to má být.

Po celý život jsem byl čtenářem knížek. Co jsem přečetl podivuhodných dobrodružství, co potkal tragických lidí a zvláštních povah, – jako by nebylo o čem jiném mluvit a psát než o neobyčejných, výjimečných a ojedinělých případech a náhodách! Vždyť přece život není mimořádné dobrodružství, nýbrž obecný zákon; to, co je v něm neobyčejného a nevšedního, je jenom zaskřípění v jeho soukolí. Neměli bychom vlastně oslavovat život v jeho normalitě a obyčejnosti? Je snad méně životem proto, že to v něm nezaskřípělo a nezaúpělo a nehrozilo se rozletět? Zato jsme udělali hromadu práce a splnili všechny náležitosti od narození až do smrti. Byl to celkem šťastný život, a já se nestydím za to malé a pravidelné štěstí, které jsem nacházel v pedantické idyle svého života.

Vzpomínám si na pohřby v městečku, kde jsem se narodil. V čele ministrant v komži a s křížkem; pak muzikanti, lesklá křídlovka, roh, klarinet a ze všeho nejkrásnější helikón; potom farář v bílé rochetce a s kvadrátkem, rakev, kterou nese šest mužů, a černý zástup, všichni vážní, slavnostní a jaksi podobní loutkám. A nad tím vším mocně, vysoko vlál smuteční pochod, křik křídlovky, kvílení klarinetu a hluboký nářek trub andělských; byla toho plná ulice a plné městečko, a klenulo se to až do nebes. Všichni lidé odložili své dílo a vyšli před dům, aby se skloněnou hlavou vzdali čest člověku, který odchází. Kdopak to umřel? Je to nějaký král nebo vévoda, byl to nějaký hrdina, že ho nesou tak slavně a vysoko? Ne, byl krupařem, dej mu Bůh věčnou slávu; hodný člověk a spravedlivý, nu, však už měl svá léta. Nebo to byl kolář, byl to kožišník; tak už dodělali svou práci a toto je jejich poslední cesta. Já, klouček, chtěl bych nade vše být tím ministrantem v čele průvodu, nebo ne, to už být raději tím, co ho nesou v rakvi. Vždyť je to taková sláva, jako by nesli krále; celý svět se skloněnou hlavou vzdává čest triumfální cestě řádného člověka a souseda, zvony hlaholí jeho oslavu a křídlovka vítězně pláče, – padl bys na kolena před svatou a velikou věcí, která se jmenuje člověk.

III.

Tatínek byl truhlář. Má nejstarší vzpomínka: že sedím v teplých pilinách na dvorku dílny a hraju si se stočenými kadeřemi hoblin; otcův tovaryš Franc se na mne zubí a jde ke mně s pořízem v ruce: Pojď, já ti uříznu hlavu. Asi jsem natahoval moldánky, protože maminka vyběhla a vzala mě do náruči. Ten pěkný, hlučný ruch truhlářské dílny oblévá mé celé dětství: bouchání fošen, svist hoblíku zadrhujícího o suky, suchý šelest hoblin a řezavý chrapot pil; vůně dřeva, klihu a fermeže; dělníci s vyhrnutými rukávy u košil, tatínek něco kreslící na prknech tlustými prsty a tlustou tesařskou tužkou. Košile se mu lepí na široká záda, funí a naklání se nad svým dílem. Co to bude? Ale skříň; prkno se složí k prknu, falce do sebe zapadnou, a je to skříň; tatínek znaleckým palcem přejíždí hotové dílo po hranách i po rubu, dobré je to, hladké jako zrcadlo. Nebo je to rakev, ale to už není tak důkladná práce; to se jen tak sbije, nalepí se na to ozdob, a teď to, lidi, natřete a nalakujte, aby se to hodně lesklo. Rakve tatínek nehladí, jen když je to taková lepší, dubová, těžká jako fortepiano.

Vysoko na hromadě fošen sedí klouček. Kdepak, jiní kluci nemohou sedět tak vysoko a nemají na hraní špalíčky ze dřeva ani hedvábně lesklé hobliny. Řekněme sklenářův kluk nemá nic, protože se sklem není žádná hra. Nech ty střepy, pořežeš se, řekla by maminka. Nebo u malíře pokojů, to také nic není; ledaže bys vzal štětku a pomazal stěnu barvou, ale to zase fermežová barva je lepší, líp drží. Heč, to my máme modrou barvu, vychloubá se malířův kluk, a všechny barvy na světě; ale synek truhlářův se nedá zviklat. Jaképak barvy, vždyť je to jen prášek v papírových pytlíkách. Pravda, malíři při práci zpívají, ale truhlářství je čistší. Na sousedním dvorku je hrnčíř, ale ten nemá žádné děti; hrnčířství je také pěkná práce. Člověk se má nač dívat, jak běží to kolo a hrnčíř uhlazuje palcem vlhkou hlínu, až je z toho hrnec; má jich stát na dvorku dlouhou řadu, ještě měkkých, a když se nedívá, je možno do nich otisknout klukovský prst. Zato kamenictví už není tak zábavné: díváš se hodinu, jak tluče kameník dřevěnou paličkou do dláta, a pořád není nic vidět, pořád nevíš, jak se z toho kamene udělá socha klečícího anděla se zlomeným palmovým listem.

Vysoko na hromadě fošen sedí klouček; prkna jsou narovnána až do korun. starých sliv, chytneš se rukama, a už sedíš v rozsochách stromu. To je ještě výš, jaksi už závratně vysoko; teď už klouček nenáleží ani k tomu truhlářskému dvorku, má svůj svět pro sebe, který s tím druhým světem souvisí jenom tím jedním pněm. Je to trochu opojné; sem už nepřijde tatínek ani maminka, ba ani dělník Franc; a malý človíček pije poprvé víno samoty. Jsou ještě jiné světy, které má dítě samo pro sebe; například někde jsou mezi delšími prkny narovnána kratší, a vznikne maličká sluj, má to svůj strop a stěny, voní to pryskyřicí a vyhřátým dřevem; sem by se nikdo nevměstnal, ale je tu dost místa pro kloučka a jeho tajemný svět. Nebo se zapíchají třísky do země jako plot, ohrada se vysype pilinami a do nich se nastrká hrstička barevných bobů; to jsou slepice, a ten největší bob, ten kropenatý, to je kohout. Za truhlářským dvorkem je sice skutečný plot a za ním kdákají skutečné slepice se skutečným zlatým kohoutem, jenž stojí na jedné noze a rozhlíží se planoucíma očima, ale to není to; klouček sedí na bobku nad svou maličkou ohradou iluzí, sype piliny a tiše volá: Na puť puť puť! To je jeho hospodářství, a vy velcí musíte dělat, jako byste to neviděli; zrušili byste to kouzlo, kdybyste se podívali.

Ale k něčemu jsou ti velcí přece jen dobří: například, když

na kostelní věži zvoní poledne, přestanou dělníci řezat, vytáhnou pilu z naříznutého prkna a sednou si zeširoka na hromadu fošen, aby jedli. Tu se vydrápe klouček na záda silného dělníka France a usedne obkročmo na jeho vlhký týl; to je jeho vydržené právo a náleží to k slávě celého dne. Franc je nebezpečný rváč a ukousl už v pranici komusi ucho, ale to klouček neví; zbožňuje ho pro jeho sílu a pro své právo trůnit na jeho šíji v poledním triumfu. Je tam druhý dělník, říká se mu pan Martinek; je tichý a hubený, má svislé kníry a krásné, veliké oči; s ním si klouček nesmí hrát, protože prý má souchotiny; klouček neví, co to je, a cítí cosi jako rozpaky nebo strach, když se na něho pan Martinek přátelsky a krásně podívá.

A jsou také výpravy do jejich světa. Maminka řekne: "Jdi, hošo, přines mi od pekaře chleba." Pekař je tlustý, zamoučený muž; někdy ho je z krámu skleněnými dveřmi vidět, jak běhá kolem díže, míse kopistí těsto. Kdo by to do něho řekl, takový veliký, tlustý člověk, a běhá dokolečka, až mu pantofle mlaskají na patách. Kluk nese domů jako svátost pecen ještě teplý, boře se bosými tlapkami do teplého prachu silnice, a čichá uchváceně zlatou vůni bochníku. Nebo jít k řezníkovi pro maso; na hákách visí strašné, krvavé kusy masa, řezník i řeznice se lesknou v tvářích, přesekávají širočinou růžové kosti a plesk s tím na váhu; že si někdy neutnou prsty! A to zase u kupce je docela jiné: voní to zázvorem, perníkem a kdečím, paní kupcová mluví tiše a jemně a váží malinkými závažíčky koření; a člověk dostane od cesty dva vlašské ořechy, z nichž jeden bývá červivý a seschlý, ale to je jedno; jen když to má dvě skořápky – když nic jiného, tedy se na takovou skořápku dupne, a dá to ránu.

Vzpomínám si na ty dávno mrtvé lidi a chtěl bych je ještě jednou vidět tak, jak jsem je vídal tehdy. Každý měl svůj vlastní svět a v něm svou tajemnou práci; každé řemeslo bylo jako svět pro sebe, každý z jiné látky a s jinými obřady. Neděle byla divný den, protože lidé neměli na sobě zástěry ani vyhrnuté rukávy, ale černé šaty, a vypadali skoro jeden jako druhý; zdáli se mi jaksi cizí a nezvyklí. Někdy mě tatínek poslal se džbánkem pro pivo; zatímco hospodský natáčel pěnu do zroseného džbánu, pokukoval jsem ostýchavě do kouta; seděl tam u stolu řezník, pekař, holič, někdy i četník, tlustý a rozepnutý, s puškou opřenou o zeď, a mluvili nahlas a hřmotně. Bylo mně divné vidět je mimo jejich dílny a krámky; zdálo se mi to trochu nepatřičné a nepořádné. Dnes bych řekl, že mě to mátlo a znepokojovalo, když jsem viděl prostupovat se jejich uzavřené světy. Proto snad tak hlučeli, že porušovali jakýsi řád.

Každý měl svůj svět, svět svého řemesla. Někteří byli tabu, jako pan Martinek, jako obecní blázen, který bučel na ulici, jako kameník, kterého mlčky izolovalo, že byl nemluva a duchař. A mezi těmi světy velikých měl své maličké, vyhrazené světy klouček; měl svůj strom, svou ohradu z třísek, svůj koutek mezi prkny; to byla tajuplná místa jeho nejhlubšího štěstí, o které se s nikým nedělil. Skrčen na bobku a taje dech – a teď se to všechno slévá v jeden širý a příjemný halas: bouchání prken a tlumený ruch řemesel, u kameníka to ťuká a u klempíře řinčí plech, v kovárně zvoní kovadlina, někdo naklepává kosu a někde pláče miminko, v dálce pokřik dětí, slepice rozčileně kdákají a maminka volá na zápraží: "Kdepak jsi?" Ono se řekne městečko, a zatím je to taková spousta života, jako veliká řeka; skoč do své lodičky a ani nedutej, ať tě to kolébá, ať tě to unáší, až ti půjde hlava kolem a bude ti skoro úzko. Schovat se všem, – i to je výprava do světa.

IV.

Společný svět dětí, to je něco docela jiného. Osamělé dítě ve své hře zapomíná na sebe a na všecko, co je kolem, a jeho zapomenutí je mimo čas. Do společné hry dětí je vtaženo i širší okolí a jejich pospolitý svět je ovládán zákony ročních dob. Žádná dlouhá chvíle nepřinutí kluky, aby si v létě hráli v kuličky. V kuličky se hraje zjara, když rozmrzne půda; to je zákon vážný a neodmluvný jako ten, který káže kvést sněženkám nebo maminkám péci velikonoční mazance.

Teprve později se hraje na honěnou a schovávanou, kdežto školní prázdniny jsou doba dobrodružných eskapád: do polí chytat cvrčky nebo se tajně koupat v řece. Žádný své cti dbalý kluk nepocítí v létě potřebu pálit ohníček; to se dělá až s podzimem, v době, kdy se pouštějí draci. Velikonoce, prázdniny a vánoce, jarmark, pouť a posvícení, to jsou důležitá data a hluboké předěly v čase. Rok dětí má svůj řád, je obřadně rozčleněn podle ročních období; osamělé dítě si hraje s věčností, kdežto dětská smečka s časem.

V té smečce nebyl truhlářův klouček osobností, která by stála v popředí; byl poněkud přezírán, vytýkalo se mu, že je maminčin a že se bojí. Ale což neměl na velikonoce klapačku, kterou mu vyřezal pan Martinek, nemohl opatřit dřevěné štěpiny na meče a mít špalíků, kolik chtěl? Dřevo je cenný materiál. Co byl proti tomu sklenářův kluk se svými špinavými hrudkami tmele? Malířův syn, to bylo něco jiného; jednou si natřel celý obličej blankytnou modří, a od té doby požíval zvláštní vážnosti. Ale na truhlářském dvoře byla prkna, na nichž bylo možno se vážně a mlčky houpat; není-liž i to jakési odpoutání od země, a tudíž úkon, který splňuje veškeré touhy? Ať si kluk malířův natřel obličej modří: nebyl nikdy pozván, aby se pohoupal.

Hra je hra, věc vážná, věc cti; není žádné rovnosti ve hře, je buď vynikání, nebo podrobení. Budiž řečeno, že jsem nevynikal; nebyl jsem ani nejsilnější, ani nejsmělejší ze smečky a myslím, že jsem tím trpěl. Málo platno, že mému tatínkovi místní strážník salutoval, kdežto malíři pokojů nikoli. Když si můj tatínek oblékl dlouhý, černý kabát, aby šel do městské rady, chopil jsem se jeho tlustého prstu a chtěl jsem dělat stejně dlouhé kroky jako on; to koukáte, kluci, jaký pán je můj tatínek – dokonce o vzkříšení nese jednu tyč nebes nad panem farářem; a večer před jeho jmeninami přijdou místní muzikanti a vyhrávají na jeho počest. Tatínek stojí na zápraží, tentokrát bez zástěry, a důstojně přijímá oslavu svého svátku. A já, opojen sladkou trýzní pýchy, se rozhlížím po kamarádech, kteří pobožně poslouchají, prožívám s mrazením tento vrchol pozemské slávy a dotýkám se tatínka, aby každý viděl, že náležím k němu. Den nato kluci už nechtěli o mé slávě vědět; zase jsem byl ten, který ničím nevynikal a kterého nikdo nechtěl poslouchat, ledaže bych je pozval, aby se šli houpat k nám na dvorek. A naschvál ne, raději se sám nebudu houpat; a z lítosti a vzdoru jsem si umínil vynikat aspoň ve škole.

Škola, to je zase docela jiný svět, Tam už se děti neliší podle svých tatínků, ale podle svých jmen; už nejsou určeny tím, že jeden je sklenářův a druhý ševcův, ale tím, že jeden se jmenuje Adamec a druhý Beran. Pro kloučka truhlářova to byl otřes, na který si dlouho nezvykl. Dotud náležel k rodině, k dílně, k domu a ke své klukovské partě; nyní tady seděl strašně sám mezi čtyřiceti kloučky, z nichž většinu neznal a se kterými neměl žádný společný svět. Kdyby s ním seděl tatínek nebo maminka, nebo aspoň tovaryš Franc, nebo i smutný a dlouhý pan Martinek, to by bylo něco jiného; držel by je za cíp kabátu a neztratil by souvislost se svým světem; cítil by jej za sebou jako ochranu. Byl by se rozplakal, ale bál se, že by se mu ti druzí vysmáli. Nikdy nesplynul se svou třídou. Ti druzí se zakrátko skamarádili a šťouchali se pod lavicemi, ale jim bylo hej; oni neměli doma truhlářskou dílnu ani ohradu z třísek vysypanou pilinami, ani siláka France, ani pana Martinka; neměli, po čem by se jim tak hrozně stýskalo. Truhlářův synek seděl v hemžení třídy zaražený a s hrdlem sevřeným. Pan učitel se nad ním zastavil. "Ty jsi hodný a tichý chlapec," řekl uznale. Klouček se začervenal a do očí mu vstouply slzy štěstí dotud nepoznaného. Od té doby se stal ve škole hodným a tichým chlapcem, což ho, rozumí se, oddělovalo tím hlouběji od těch druhých.

Ale v životě dítěte znamená škola ještě jednu velikou a novou zkušenost: tady se dítě poprvé setkává s hierarchickým řádem života. Do té doby, pravda, musí ledaskoho poslouchat; maminka poroučí, ale maminka je naše, a maminka tu je proto, aby vařila, a maminka také líbá a hladí; tatínek se někdy rozkatí, ale jindy je možno mu vylézt na kolena nebo se držet jeho tlustého prstu. Jiní velcí někdy okřikují nebo nadávají, ale z toho si člověk mnoho nedělá a uteče. Pan učitel, to je něco jiného; pan učitel tu je jen proto, aby napomínal a poroučel. A nemůžeš utéci a někde se schovat, musíš se jenom červenat a hrozit se své hanby. A nikdy mu nevylezeš na klín, nikdy se nechytneš jeho vymydleného prstu; vždycky je nad tebou, nedostupný a nedotknutelný. A pan farář, to je ještě víc; když tě pohladí po hlavě, nejsi jenom pohlazen, ale vyznamenán a povýšen nad všechny ostatní, a máš co dělat, aby se ti samou vděčností a pýchou nezalily oči. Do té doby měl klouček svůj svět a kolem něho bylo množství uzavřených, tajemných světů: pekařův, kameníkův a těch ostatních. Nyní se celý svět rozestupuje ve dva stupně: v jeden vyšší svět, ve kterém je pan učitel, pan farář a pak ještě ti, kdo s nimi smějí mluvit: pan hapatykář a doktor a notář a soudce; a pak ten obyčejný svět, ve kterém jsou tatínkové a jejich děti. Tatínkové žijí v dílnách a krámech a vycházejí jenom na zápraží, jako by se musili držet svých domů; ti z toho vyššího světa se potkávají prostřed náměstí, zdraví se velkým obloukem a postojí spolu nebo se kousek cesty doprovázejí. A pro ně je v hostinci na rynku bíle prostřený stůl, kdežto jiné ubrusy jsou červeně nebo modře kostkované; vypadá to skoro jako oltář. Dnes vím, že ten bílý ubrus nebyl tak nevýslovně čistý, že pan farář byl ušňupaný, tlustý dobrák a pan učitel venkovský starý mládenec s červeným nosem; ale tehdy pro mne byli ztělesněním něčeho vyššího a téměř nadlidského; bylo to první rozčlenění světa podle hodnosti a moci.

Byl jsem tichý a pilný žáček, dávaný ostatním za příklad; ale potají jsem choval rozechvělý obdiv ke klukovi malířovu, darebovi šibeničnímu, který svým rošťáctvím uváděl učitele v nepříčetnost a kousl faráře do palce. Báli se ho skoro a nevěděli si s ním rady. Ať ho třískali jak chtěli, kluk se jim smál do očí; bylo pod jeho divošskou důstojnost, aby zaplakal, děj se co děj. Kdožví: snad to rozhodlo nejvíc v mém životě, že si mne kluk malířův nevzal za kamaráda. Byl bych dal za to nevímco, kdyby chodil se mnou. Jednou, čertví co prováděl, mu rozdrtil prsty trám; ostatní děti se daly do křiku, ale on nic, jen zbledl a zaťal zuby. Viděl jsem ho, když

18

se vracel domů a nesl tu krvavou levičku druhou rukou, jako by to byla trofej. Kluci houfem za ním a ječeli: "Spadl na něj trám!" Byl jsem bez sebe hrůzou a útrpností, třásly se mi nohy, dělalo se mi špatně. "Bolí tě to?" vydechl jsem zděšeně. Podíval se na mne pyšnýma, planoucíma, výsměšnýma očima. "Co je ti po tom?" vycedil mezi zuby. Zůstal jsem stát odmítnut a pohaněn. Počkej, já ti ukážu, já ti ukážu, co vydržím! Šel jsem do dílny a strčil jsem levou ruku do stahováku, kterým se stahují prkna; přitáhl jsem šroub, to budete koukat! Slzy mi vyhrkly z očí, tak, teď mě to bolí jako jeho; já mu ukážu! Přitáhl jsem šroub ještě víc, ještě víc; už jsem necítil bolest, ale vytržení. Našli mě v dílně omdleného, s prsty skřípnutými ve stahováku; podnes mám poslední články prstů na levé ruce zchromlé. Teď je ta ruka svrasklá a suchá jako krocaní pařát, ale dosud je na ní napsána památka – čeho vlastně? Mstivé dětské nenávisti, nebo vášnivého přátelství?

V.

V té době se stalo, že k našemu městečku přitrhla železnice. Stavěla se už dlouho, ale teď to bylo docela blízko; i na truhlářském dvorku bylo slyšet, jak odstřelují na stráních kámen. Byly přísné zákazy, že tam my děti nesmíme chodit, jednak proto, že se tam střílí dynamitem, a jednak, že jsou tam všelijací diví lidé; čert věř té holotě, říkalo se. Poprvé mě tam vedl tatínek, prý ať vidíš, jak se staví dráha. Držel jsem se ho křečovitě za prst, bál jsem se "těch lidí"; bydleli v prkenných barácích, mezi kterými viselo na provazech roztrhané prádlo, a ten největší barák byla kantýna s měchatou a zlou ženskou, jež ustavičně nadávala. Na trase kopali polonazí lidé s krumpáči v rukou; volali něco na tatínka, ale ten jim neodpovídal. Potom tam stál jeden s červeným praporkem v ruce. "Vidíš, tady se bude střílet," řekl tatínek, a já jsem se ho chytl ještě křečovitěji. "Neboj se, vždyť jsem tady," povídá tatínek spolehlivě, a já cítím s blaženým vzdechem, jak je mocný a silný; nic se nemůže stát tam, kde je on.

Jednou se u plotu naší dílny zastavila otrhaná holčička, strkala nos mezi latě a něco brebentila. "Co to povídáš?" ptal se Franc. Holčička zlostně vyplázla jazyk a brebentila dál. Franc na to zavolal tatínka. Tatínek se opřel o plot a povídá: "Co chceš, malá?" Malá to opakovala ještě rychleji. "Já ti nerozumím," řekl tatínek vážně, "kdopak ví, co ty jsi za národ. Počkej tady!" A zavolal na to maminku. "Podívej se, jaké má to dítě oči." Měla veliké, černé oči s předlouhými řasami. "Ta je krásná," vydechla maminka s úžasem. "Chceš jíst?" Holčička nic, jen se na ni dívala těma očima. Maminka jí donesla krajíc chleba s máslem, ale malá zavrtěla. hlavou. "Třeba je to Taliánka, nebo Maďarka," mínil tatínek nejistě. "Nebo Rumunka. Kdopak ví, co chce." A šel po svém. Když byl pryč, vyndal pan Martinek z kapsy šesták a podal jej beze slova holčičce.

Druhý den, když jsem přišel ze školy, seděla na našem plotě. "Přišla za tebou," smál se Franc, a já jsem se hrozně zlobil; vůbec jsem si jí nevšímal, ačkoliv vylovila z čehosi, co snad byla kapsa, lesklý šesták a dívala se na něj, abych si ho všiml. Otočil jsem na hromadě fošen jedno prkno napříč, aby to byla houpačka, a uvelebil jsem se na jednom konci; ať trčí ten druhý konec do nebe, co mi je po tom; obrátil jsem se zády k celému světu, zamračen a jaksi rozlícen. A náhle se prkno se mnou začalo váhavě zvedat; neohlédl jsem se, ale zalilo mě nesmírné, skoro bolestné štěstí. Vyhouplo mě to do výše, blaženého až k závrati; naklonil jsem se, abych převážil houpačku na své straně k zemi, druhý konec lehce a plavně odpovídal, sedí tam rozkročmo holčička a neříká nic, houpe se mlčky a slavnostně, na opačném konci mlčky a slavnostně kluk, nedívají se na sebe a oddávají se houpání tělem i duší, neboť se milují; aspoň hoch miluje, i když by to tak nedovedl nazvat, je toho pln, je to krásné a trýznivé zároveň; a tak se houpou beze slova a skoro obřadně, co nejpomaleji, aby to bylo slavnější.

Byla větší a starší než já, černovlasá a tmavá jako černá kočka; nevím, jak se jmenovala a jakého byla národa. Ukázal jsem jí svou ohradu z třísek, ale ani si jí nevšimla, snad nepoznala, že ty boby jsou mé slepice; bolelo mě to ukrutně a od té doby mě má ohrada přestala těšit. Zato chytla sousedovo kotě a tiskla je k sobě, uděšené a s vyjevenýma očima; a dovedla z kousku provázku splést v prstech takovou hvězdici, že to bylo jako čarování. Chlapec nevydrží ustavičně milovat, láska je cit příliš těžký a trýznivý; občas je nutno ji odlehčit v pouhé kamarádství. Kluci se mi posmívali, že kamarádím s holkami, bylo to pod jejich důstojnost; nesl jsem to statečně, ale propast mezi mnou a jimi se šířila. Jednou poškrábala kluka sedlářova; byla z toho rvačka, ale zasáhl syn malířův a vycedil pohrdavě mezi zuby: "Nechte ji, vždyť je to holka!" A odplivl si jako tovaryš. Kdyby tehdy byl pokynul, byl bych šel za ním místo za tím černým hůdětem; ale obrátil se ke mně zády a vedl svou tlupu k jiným úspěchům. Byl jsem bez sebe urážkou a žárlivostí. "Nemysli si," vyhrožoval jsem, "kdyby na nás šli, já bych jim. dal!" Ale ona tomu stejně nerozuměla; vyplázla za nimi jazyk a vůbec dělala, jako bych já byl pod její ochranou.

Byly prázdniny, a někdy jsme spolu bývali po celé dny; až s večerem ji pan Martinek odváděl za ruku k prkenným barákům za řekou. Někdy nepřišla, a tu jsem nevěděl zoufalstvím co si počít; zalezl jsem s knihou do své skrýše mezi prkny a dělal jsem, jako bych četl. Zdálky bylo slyšet ryk kluků, ke kterým jsem už nepatřil, a rány odstřelovaných skal. Pan Martinek se naklonil, jako by počítal prkna, a bručel soucitně: "Cože dnes nepřišla?" Dělal jsem, jako bych neslyšel a jenom zuřivě četl; ale cítil jsem skoro slastně, jak mi krvácí srdce a že to pan Martinek ví. Jednou jsem to už nevydržel a vypravil jsem se za ní; bylo to hrozné dobrodružství; musil jsem přes lávku za řeku, která toho dne se mi zdála strašná a divoká jako nikdy. Srdce mi prudce tlouklo a šel jsem jako ve snách k barákům, které se zdály opuštěné; jen tlustá kantýnská někde vřískala a ženská v košili a sukni věšela prádlo, hlasitě zívajíc jako řezníkův veliký pes. Černá holčička seděla před jedním barákem na bedýnce a sešívala nějaké cáry, mrkala dlouhými řasami a samou pozorností vyplazovala špičku jazyka. Udělala mi bez okolků místo vedle sebe a počala rychle, pěkně povídat svou cizí řečí. Nikdy jsem neměl pocit, že jsem tak bezmezně daleko od domova; jako by tohle byl jiný svět, jako bych se už nikdy neměl vrátit domů; byl to pocit zoufalý a heroický. Vzala mě tenkou, holou paží kolem krku a dlouho, vlhce, lechtivě mi šuškala do ucha; snad mi říkala svou cizí řečí, že mě má ráda, a já jsem byl k umření šťasten. Ukázala mi uvnitř barák, ve kterém patrně žila; byl k udušení rozžhaven sluncem a páchl jako psí bouda; na hřebíku visel mužský kabát, na zemi hadry a nějaké bedny místo nábytku. Bylo tam šero, a její oči se na mne upíraly tak blízce a krásně, že bych byl zaplakal, já nevím čím: láskou, bezmocí nebo hrůzou. Sedla si na bednu, kolena pod bradou, šeptala cosi jako písničku a dívala se na mne těma upřenýma, širokýma očima; bylo to, jako by čarovala. Vítr přirazil dveře, a najednou byla docela tma; bylo to strašné, mně tlouklo srdce až v krku, já nevím, co se teď stane; tichounce to potmě zašustilo a dveře se otevřely, stála v nich proti světlu a dívala se bez hnutí ven. Pak to znovu zadunělo v odstřelovaném průseku stráně, a ona opakovala: "Bum." Najednou byla zase veselá a ukazovala mi, co umí dělat z provázků; bůhví proč se ke mně začala chovat jako nějaká maminka nebo chůvička; vzala mě dokonce za ruku a chtěla mě vést domů, jako bych byl maličký. Vytrhl jsem se jí a jal jsem se co nejsilněji pískat, aby viděla, co jsem zač; dokonce jsem se na lávce zastavil a plival jsem do vody, to abych jí ukázal, že jsem veliký a že se ničeho nebojím. Doma se mě ptali, kde jsem se toulal; zalhal jsem to, ale ačkoli jsem lhal často a snadno jako každé dítě, cítil jsem, že tentokrát je má lež jaksi větší a těžší; proto jsem lhal až příliš horlivě a překotně – divím se, že to nepoznali.

Den nato přišla jakoby nic a pokoušela se pískat našpulenými rty; učil jsem ji tomu, obětavě jí odevzdávaje kus své převahy; přátelství je veliké. Zato se mi snadněji putovalo za ní k barákům; pískali jsme na sebe už zdálky, což neobyčejně posílilo naše kamarádství. Drápali jsme se do stráni, odkud bylo vidět pracovat kopáče; hřála se v kamení na slunci jako zmije, zatímco já jsem se díval na střechy městečka a na cibulovou báň kostela. Jak je to daleko! Tam, co je vidět tu lepenkovou střechu, je truhlářská dílna; tatínek funí a odměřuje něco na prknech, pan Martinek kašle a maminka na prahu kroutí hlavou: kde zase vězí ten zpropadený kluk? Tady, nikde, já jsem schovaný; tady na té sluneční stráni, co kvete divizna, hadinec a lví tlamičky; tady na druhém břehu, kde to zvoní krumpáči a bouchá dynamitem a kde je všechno docela jiné. Tady je takové tajné místo: odtud je vidět všechno a sem nevidí nikdo. A dole už položili kolejničky a odvážejí kámen a hlínu v huntech; jeden vyskočí na vozík a jede to samo po kolejích, to bych také chtěl, a mít na hlavě takový turban z červeného kapesníku. A bydlet v prkenné boudě, tu by mně pan Martinek udělal. Černá holčička se na mne upřeně dívá, to je hloupé, že jí nemohu nic říci. Zkusil jsem promluvit na ni tajnou řečí: "Javra tivri něvrecovro povrovivrim," ale nerozuměla ani tomu. Nezbývá než vyplazovat na sebe jazyky a dělat jeden po druhém nejhroznější grimasy, aby tím byla projevena shoda myslí. Nebo házet společně kamením. V tuto chvíli je řada na vyplazování jazyka; její jazyk je mrštný a tenký jako červené hádě; vůbec jazyk je divný, zblízka je to, jako by byl udělán ze samých růžových krupiček. Dole je křik, ale tam je pořád křik. A kdo se komu vydrží dýl dívat do očí? To je zvláštní, její oči vypadají černé, ale zblízka mají v sobě takové zlaté a zelené věci; a ta hlavička uprostřed, to jsem já. A najednou se jí oči rozšířily jako úděsem, vyskočila, zakřičela něco a běžela ze stráně dolů.

Dole na trase se posunoval zmatený hlouček lidí ke kantýně. Zůstaly tam po nich jen rozházené krumpáče.

Večer se v městečku rozechvěně povídalo, že jeden z "těch lidí" zapíchl v hádce partafíru; prý ho odvedli četníci, měl na rukou řetízky, a za nimi běželo jeho dítě.

Pan Martinek obrátil po mně své veliké, krásné oči a mávl rukou. "A kdopak ví, který z nich to byl," bručel. "Ti lidé jsou každou chvíli na jiném místě."

Víckrát jsem ji neviděl. Četl jsem ze smutku a opuštěnosti, co mi padlo do rukou, ukryt mezi prkny. "To máte hodného hocha," říkali sousedé, zatímco tatínek s otcovskou skromností namítal: "Jen aby k něčemu byl!"

VI.

Tatínka jsem měl rád, protože byl silný a jednoduchý. Sáhnout si na něho, to byl takový pocit jako se opírat o zeď nebo o mocný sloup. Myslel jsem si, že je nejsilnější ze všech lidí; bylo ho cítit laciným tabákem, pivem a potem, a jeho mohutná tělesnost mě plnila jakousi rozkoší z bezpečí, spolehlivosti a síly. Někdy se rozkatil, a pak byl hrozný, burácel jako bouře; tím sladší byla ta troška hrůzy, se kterou jsem potom vylézal na jeho klín. Mnoho nemluvil, a když už, tedy ne o sobě: nikdy jsem se nezbavil pocitu, že kdyby chtěl, mohl by povídat o velikých a hrdinných činech, které dělal, a já bych položil dlaň na jeho mocný, zarostlý hrudník, abych cítil, jak to v něm duní. Žil široce a důkladně ve své truhlařině; a byl velmi šetrný, neboť měřil peníze prací, kterou na ně vynaložil. Pamatuji se, jak někdy v neděli vytáhl ze zásuvky spořitelní knížky a díval se do nich; bylo to, jako by se uspokojeně díval na řádně srovnané hromady dobrých, poctivých fošen; v tom je, hochu, hromada práce a potu. Utrácet peníze, to je jako mařit hotovou práci; je to hřích. A k čemu jsou, tati, ty našetřené peníze? Na stará kolena, řekl by asi tatínek; ale to není to, to se jen tak říká; peníze jsou na to, aby na nich bylo vidět tu práci, tu životní ctnost píle a odříkání. Tady si to můžeš přečíst, je to výsledek celého života; tady je napsáno, že jsem žil přičinlivě a šetrně, jak se sluší. Přišel čas, kdy tatínek měl už tuze stará kolena; maminka dávno spala na hřbitově pod mramorovým pomníčkem (však stál hromadu peněz, říkal tatínek pietně) a já měl své dobré postavení; a tatínek se ještě pořád na těžkých, opuchlých nohou šoural po truhlářském dvorku, na kterém už nebylo málem co dělat, spořil, počítal a v neděli, sám a sám v bývalém rodinném hnízdě, vyndával spořitelní knížky a díval se na číselný úhrn svého počestného života.

Maminka nebyla tak jednoduchá; byla daleko citovější, popudlivá a překypující láskou ke mně; byly chvíle, kdy mě k sobě křečovitě tiskla a sténala, ty můj jediný, já bych pro tebe umřela! Později, když jsem byl klukem, mě ty výbuchy lásky jaksi obtěžovaly; styděl jsem se, že by kamarádi mohli vidět, jak mě maminka náruživě líbá; ale dokud jsem byl docela malý, uváděla mě její prudká láska v jakési nevolnictví nebo ujařmenost, měl jsem ji strašlivě rád. Když jsem zaplakal a ona mě vzala do náruči, byl to pocit, jako bych se rozplýval; hrozně rád jsem štkal na jejím měkkém, uslintanými dětskými ústy a slzami zmáčeném krku; nutil jsem ze sebe vzlyky, pokud to šlo, až všechno roztálo v blaženém, ospalém mumlání: maminko! maminko! Vůbec maminka byla pro mne spojena s potřebou plakat a být chlácholen, s přecitlivělou potřebou kochat se ve své bolesti. Teprve když jsem se stával malinkým, pětiletým mužem, rostl ve mně odpor k takovým ženským projevům citu; odvracel jsem hlavu, když mě tiskla k ňadrům, a myslel jsem si, co na tom má; to tatínek je lepší, je cítit tabákem a silou.

Protože byla nadmíru citová, prožívala všechno jaksi dramaticky; malé rodinné hádky se končívaly napuchlýma očima a tragickým mlčením; a tatínek, bouchaje dveřmi, se dal do práce se zuřivou úporností, zatímco z kuchyně volalo do nebe hrozné a žalující ticho. Zalíbilo se jí v myšlence, že jsem slabé dítě, že se mi může stát nějaké neštěstí nebo že mohu umřít. (Skutečně jí umřelo první dítě, můj neznámý bratříček.) Proto pořád vybíhala podívat se, kde jsem a co dělám; později jsem se na to mužsky mračil, že mě tak hlídá, a odpovídal jsem jí neochotně a zarputile. A pořád se ptala: Není ti něco? nebolí tě žaludeček? Zprvu mi to lichotilo; člověk je tak důležitý, když stůně a dostává obklady; a maminka ho křečovitě přivíjí k ňadrům, ty můj nejdražší, ty mně nesmíš umřít! Nebo mě vodila za ruku do zázračného poutního místa, aby se modlila za mé zdraví; obětovala za mne Panence Marii malinké voskové poprsí, že prý jsem slabý na prsa. Styděl jsem se nesmírně, že za mne obětuje ženské poprsí, pokořovalo mě to v mé mužské hrdosti; vůbec to bylo divné putování, maminka se tiše modlila nebo vzdychala s očima strnulýma a plnýma slz; cítil jsem nejasně a trapně, že nejde jenom o mne. Pak mi koupila rohlík, který byl ovšem onačejší a vzácnější než rohlíky doma; ale přesto jsem na ty pouti chodil nerad. Ta představa mi zůstala po celý život: maminka, to má co dělat s nemocí a bolestí. Myslím, že i dnes bych se raději opřel o tatínka s jeho pachem tabáku a mužství. Tatínek byl jako sloup.

Nemám, pro koho bych zkrášloval domov svého dětství. Byl obyčejný a dobrý jako tisíce jiných domovů; ctil jsem svého otce a miloval svou matku, a vida, dobře se mi vedlo na zemi. Udělali ze mne řádného člověka k svému obrazu; nebyl jsem tak silný jako tatínek ani tak veliký v lásce jako maminka, ale aspoň pracovitý a počestný, citlivý a do jakési míry ctižádostivý – ta ctižádost je jistě dědictví po maminčině živosti; vůbec to, co ve mně bývalo zraňováno, je asi po mamince. A vidíš, i to bylo na místě a bylo to k něčemu dobrému; vedle člověka, jenž se přičiňuje, byl ve mně člověk, který sní. Toto například jistě není po tatínkovi, že se dívám do své minulosti jako do zrcadla; tatínek byl tak naprosto objektivní; neměl pokdy na nic jiného než na přítomnost, protože žil v práci. Vzpomínání a budoucnost náleží těm, kdo mají náklonnost snít a kdo se víc zabývají sebou samými. To je maminčin podíl v mém životě. A když se teď dívám, co ve mně bylo tatínkovo a co maminčino, shledávám, že oba šli se mnou po celý život a že se můj domov nikde nekončí; že i dnes jsem dítě, které má svůj tajný svět, zatímco tatínek pracuje a počítá a maminka mne sleduje pohledem strachu a lásky.

VII.

Protože jsem se dobře učil a že jsem z opuštěnosti a nedružnosti ležel v knížkách, dal mě tatínek študovat; ostatně se to jaksi rozumělo samo sebou, už proto, že si vážil pánů a že hmotný i společenský vzestup byl pro něho nejsvětějším a samozřejmým úkolem řádného člověka a jeho potomků. Pozoroval jsem, že nejzdatnější děti (ve smyslu životní kariéry) jsou zpravidla v těch snaživých středních vrstvách, které teprve začaly skromně a odříkavě zakládat cosi jako nárok na lepší život; náš vzestup je tlačen úsilím našich otců. Neměl jsem tehdy žádnou představu, čím bych chtěl být; leda něčím velkolepým, jako byl provazochodec houpající se jednoho večera nad naším náměstíčkem, nebo dragoun na koni, který se jednou zastavil u našeho plotu a na něco se německy ptal; maminka mu podala sklenici vody, dragoun salutoval, kůň tančil a maminka byla červená jako růžička. Chtěl bych být dragounem, nebo třeba konduktérem, který přibouchává dvířka u vlaku a pak se s nesmírnou elegancí vyhoupne na jeho stupátko, když už se vlak rozjíždí. Ale člověk neví, jak se to dělá, aby se stal konduktérem nebo dragounem. Jednou mi tatínek pohnutě ohlásil, že mne teda po prázdninách dá na študie, maminka plakala, pan učitel ve škole řekl, abych si vážil toho, že budu vzdělaným člověkem, a pan farář mi počal říkat: "Servus, študente." Zrudl jsem pýchou, bylo to všechno takové slavné; už jsem se styděl hrát si a s knížkou v ruce, bolestně, osaměle jsem dozrával k chlapecké vážnosti.

Zvláštní, jak následujících osm let na gymnáziu mně připadá irelevantní – aspoň ve srovnání s dětstvím doma. Dítě žije naplno, nebere své dětství, svůj přítomný okamžik jako něco dočasného a přechodného; a je doma, to jest, je důležitou osobou, která vyplňuje své místo, jež mu náleží právem vlastnickým. A jednoho dne odstěhují venkovského kloučka na školy do města. Osm let mezi cizími lidmi, tak by se to mohlo nazvat; neboť tady už nebude doma, bude cizím člvíčkem a nikdy nebude mít jistotný pocit, že sem náleží. Bude se cítit hrozně nedůležitý mezi těmi cizími lidmi, bude se mu pořád připomínat, že ještě nic není; škola i cizí okolí v něm budou pěstovat pocit pokořené malosti, přikrčenosti a méněcennosti, pocit, který bude překonávat dříčstvím nebo – v některých případech a až později – zuřivým odbojem proti kantorům a školácké kázni. A ve škole se mu vštěpuje ustavičně, že toto všecko je jenom příprava na to, co teprve přijde; rok primánův není než přípravou na rok sekundánův, a kvartán je na světě jen na to, aby postoupil na kvintána, bude-li ovšem dost pozorný a pilný. A těch celých osm dlouhých let je zase jenom příprava na maturitu, a teprve potom, študenti, se vám začne to pravé učení. Připravujeme vás pro život, káží páni profesoři, jako by to, co se vrtí před nimi ve škamnech, nebylo žádným životem hodným toho jména. Život je to, co přijde teprve po matuře: to je zhruba ta nejmocnější představa, kterou v nás pěstuje střední škola; a proto ji opouštíme, jako bychom byli propuštěni na svobodu, místo abychom trochu dojatě cítili, že tímto odchodem se loučíme se svým chlapectvím.

Snad proto jsou naše vzpomínky na školu tak kusé a roztržité; a přece, jaká vnímavost v těch letech! Jak přesně a živě se pamatuju na své profesory, na směšné a polopomatené pedanty, na dobráky, kteří se marně snažili ovládnout rozpoutané hejno kluků, a na několik ušlechtilých, učených mužů, u jejichž nohou i chlapec nejasně a skoro s mrazením cítil, že nejde o přípravu, nýbrž o poznání, a že se už v této chvíli něčím a někým stává. Vidím i své spolužáky, pořezané lavice, chodby staré budovy scholarum piarum, tisícerou vzpomínku živou jako živý sen; ale celý ten věk školy, těch osm let jako celek je podivně bez tváře a skoro beze smyslu; byla to léta mládí prožitá netrpělivě a zběžně, jen aby už bylo po nich.

A zase: jak dychtivě a silně prožívá chlapec v těch létech cokoli, co není škola; cokoli, co není "příprava pro život", nýbrž jest život sám: ať je to přátelství, nebo takzvaná první láska, konflikty, četba, náboženská krize, nebo skotačení. Tady je něco, do čeho se může vrhnout cele a co je jeho už teď, a ne až po matuře nebo až, jak se na škole říká, "bude hotov". Většina vnitřních otřesů a těch různých, tragicky vážně prožívaných volovinek mládí je, myslím, následek toho suspendovaného života, v němž se odehrává naše mladost. Je to skoro msta za to, že nejsme bráni vážně. Ze vzpoury proti tomu chronickému provizóriu dychtíme aspoň něco žít co nejvíc plně a doopravdy. A proto je to tak; proto se v létech mladosti tak zmateně a někdy bolestně skrze sebe prolamuje hloupé klukovství a tragická, překvapující vážnost. Život nepostupuje tak, že by se z dítěte povlovně a skoro neznatelně stával muž; najednou jsou v dítěti strašně hotové a krvavě zralé kusy člověka; nejde to dohromady, není to v něm zorganizováno; střetá se to v něm tak nesouvisle a nelogicky, že to vypadá skoro jako bláznovství. Naštěstí my staří jsme zvyklí dívat se na tento stav shovívavě, a chlapcům, kteří počínají brát život na smrt vážně, dáváme chlácholivě najevo, že je to přejde.

(Jaká hrubost, když mluvíme o šťastném mládí! Myslíme přitom patrně na své tehdejší zdravé zuby a zdravé žaludky; co na tom, že nás pro kdeco bolela dušička! Mít před sebou tolik života jako tehdy: hned bychom měnili, ať jsme co jsme. Já vím, byla to vlastně má nejméně šťastná doba, má doba stesku a opuštěnosti; ale já vím, i já bych měnil, oběma rukama bych sáhl po tomto stísněném mládí, – co na tom, že by mě zas tak bezmezně, tak zoufale bolela dušička!)

VIII.

To vše se dálo se mnou jako s každým hochem, ale snad míň bouřlivě, ne tak výrazně jako u druhých. Především mnoho z té zjítřenosti mládí se u mne rozplývalo v tom ustavičném stesku po domově, v osamělosti venkovského chlapce v prostředí cizím a jaksi nadřaděném. Tatínek šetřil, dal mě na byt k malé, ustarané krejčovské rodině; měl jsem poprvé pocit, že jsem vlastně nemajetný a téměř chudý žáček, kterému je usouzeno, aby se uskromňoval a držel stranou. A byl jsem ostýchavý venkovský hoch, který cítil, že je přezírán kurážnými městskými panáčky; jak ti se tu cítili doma, co ti všechno znali a měli společného! Protože jsem se jim nedovedl přiblížit, vzal jsem si do hlavy, že budu nad nimi aspoň vynikat; stal jsem se školním dříčem, jenž našel jakýsi smysl života, jakousi odvetu, jakési vítězství v tom, že postupoval z třídy do třídy summa cum laude, sledován nelibostí spolužáků, kteří v mé osamělé a těžké píli viděli odporné šplhání. Tím víc jsem se zapeklil a dřel jsem své lekce s pěstmi na uších, v suchém dusnu krejčovských žehliček, v zápachu kuchyně, kde vzdychající paní krejčová vařila bledé a věčně jaksi nakyslé jídlo. Učil jsem se do zpitomění; kudy jsem chodil, ševelil jsem rty ve stálém opakování lekcí, ale jaký tichý a hluboký triumf, když jsem ve škole uměl a usedal do lavice za omrzelého a nevlídného mlčení třídy! Ani jsem se neohlédl, ale cítil jsem, jak se na mne všichni nepřátelsky dívají. A tato malá ctižádost mě přenášela přes krize a přelomy mládí; unikal jsem sám sobě, když jsem se učil nazpaměť Sundské ostrovy nebo řecká nepravidelná slovesa. To byl ve mně tatínek nakloněný nad svou prací, až soustředěním a horlivostí supěl; tatínek zkoumající palcem hotové dílo, dobré je to, nikde žádná mezera. A už není vidět na učení, je soumrak, otevřeným oknem je slyšet čepobití z kasáren; v okně stojí hoch s palčivýma očima a dusí se strašně krásným a zoufalým smutkem. Proč vlastně? Ono to nemá jméno, je to tak rozsáhlé a hluboké, že se v tom rozpouštějí pichlavé jehličky všech těch malých urážek a ponížení, neúspěchů a zklamání, které se do nesmělého chlapce zabodávají odevšad. Ano, tohle je zase maminka, toto přetékání bolestí a láskou. To soustředěné a dříčské je tatínek, toto bez břehu rozcitlivělé a vášnivě něžné je maminka: jak to dvoje směstnat a srovnat v úzké chlapecké hrudi?

Jedné doby jsem měl kamaráda, se kterým mě pojilo blouznivé přátelství; byl to venkovský hoch, starší než já, se světlým chmýřím na bradě, úžasně nenadaný a jemný; jeho matka ho zaslíbila Pánu Bohu jako děkovnou oběť za otcovo uzdravení, a měl se učit na kněze. Když byl vyvolán, byla to hotová tragédie dobré vůle a paniky; třásl se jako list a nebyl s to vykoktat slovo. Učil jsem ho v usilovné snaze pomoci mu; poslouchal mě s otevřenými ústy a upíral na mne krásné, zbožňující oči. Když ho zkoušeli, trpěl jsem za něho nevýslovně a zběsile; celá třída se snažila mu pomáhat a napovídat, i já byl vzat na milost a šťouchali do mne, ty, jak je to? Pak seděl rudý a zničený; já šel k němu s očima plnýma slz a těšil jsem ho, vidíš, už to bylo trochu lepší, už jsi to skoro řekl, jen počkej, že to půjde! Při školních úlohách jsem mu posílal na stočeném papírku napsaný úkol, seděl v opačném rohu třídy; má štafeta putovala z ruky do ruky, a nikdo ji nerozbalil, to bylo pro něho; mládí bývá surové, ale je rytířské. Protloukli jsme ho spojenými silami až do tercie, pak neodvratně propadl a odešel domů; slyšel jsem, že se doma oběsil. Ten hoch byl snad největší a nejvášnivější láska mého života. Vzpomínal jsem na ni, když jsem později čítal povídání o sexuálních pohnutkách mladého přátelství. Bože, jaké hlouposti! Stěží jsme si neobratně podali ruce, prožívali jsme skoro zdrceně a přetíženě úžasný fakt, že jsme dušemi; plnilo nás štěstím, že se můžeme dívat na stejné věci. Měl jsem pocit, že se učím pro něho, abych mu mohl pomáhat; to byla jediná doba, kdy jsem se učil opravdu rád a kdy to všechno mělo krásný a dobrý smysl. Ještě dnes slyším svůj vlastní naléhavý, horlivý hlásek: "Koukej, opakuj to po mně: rostliny jevnosnubné dělíme na jednoděložné, dvouděložné a bezděložné." "Rostliny dělíme na jednosnubné," bručel můj veliký kamarád hlasem už mužským a upíral na mne čisté, věrné, psovsky oddané oči.

O něco později jsem měl jinou lásku, jí bylo čtrnáct let a mně patnáct; byla to sestra jednoho mého spolužáka, který propadl v latině a řečtině, veliký rošťák a budižkničemu. Jednou na mne na chodbě školy čekal ošumělý, trudnomyslný a mírně opilý pán, smekl, představil se jako podúředník ten a ten, klepala se mu přitom brada; a že prý jsem takový výtečný študent, a tož kdybych prý byl té dobroty a trochu pomohl jeho synkovi v latině a řečtině. "Preceptora mu zaplatit nemůžu," koktal, "ale kdybyste byl tak vzácně laskav, pane –" Řekl mně "pane", to stačilo; mohl-liž jsem žádat víc? Chopil jsem se s nadšením nového úkolu a pokoušel jsem se učit toho ježatého uličníka. Byla to nějaká divná rodina; otec byl věčně v úřadě nebo pil a matka chodila šít do rodin či co; bydleli v úzké, vykřičené uličce, kde s večerem vycházely před dům tlusté a staré holky, kolébající se jako kachny. Doma býval nebo také nebýval kluk a jeho mladší sestřička, čisťounká, plachá, úzkých tváří a světlých, krátkozrace vypouklých očí, které věčně nakláněla k nějakému vyšívání nebo prolamování. S tím učením to dopadalo žalostně, kluk se nehodlal učit a basta; zato jsem se po uši a bolestně zamiloval do toho plachého děvčete, jež sedělo tichounce na stoličce s vyšíváním u samých očí. Vždycky je zvedla náhle a jakoby vyděšeně, a pak to jaksi omlouvala chvějícím se úsměvem. Kluk už ani neráčil přijímat mé repetice, velkomyslně dovolil, abych mu dělal úkoly, a šel po svém. Hrbil jsem se nad jeho sešity, jako by mi daly bůhvíco práce; když jsem zvedl hlavu, klopila rychle oči, červená až po vlasy; když jsem promluvil, tu její oči skoro vyjekly leknutím a na rtech se jí zatřásl žalostně plachý úsměv. Neměli jsme si co říci, bylo to všechno hrozně rozpačité; na stěně tikaly hodiny a chrčely místo bití; někdy jsem nevím kterým smyslem vycítil, že ona zčistajasna rychleji dýše a rychleji protahuje nit výšivkou; tu i mně zabouchalo srdce a neodvážil jsem se zvednout hlavu, jenom jsem začal zbytečně listovat v klukových sešitech, aby se aspoň něco dálo. Styděl jsem se do krve za své rozpaky a umiňoval jsem si: zítra jí něco řeknu, něco, aby se se mnou dala do řeči. Měl jsem vymyšleno na sta hovorů, i to, co by mohla říci ona; třeba: ukažte mi tu výšivku, a nač to bude, nebo tak. Ale když jsem tam byl a chtěl jsem to říci, počalo mi tlouci srdce, hrdlo se mi stáhlo a nedostal bych ze sebe slova; a ona zvedla vyděšené oči, a já jsem se nahrbil nad sešitem, bruče mužským hlasem, že je tam plno chyb. A přitom cestou domů, doma, ve škole jsem toho měl plnou hlavu: co jí řeknu, co udělám; pohladím ji po vlasech, budu dávat za peníze kondice a koupím jí prstýnek, zachráním ji nějak z toho jejího domova; sednu si vedle ní, vezmu ji kolem krku a já nevím co ještě. Čím víc jsem si toho navymýšlel, tím víc mi bouchalo srdce a tím bezmocněji jsem propadal panice rozpaků. A kluk nás nechával o samotě s úmyslností už okázalou; budeš mně napovídat, řekl vyděračsky a vypadl z domu. A jednou, ano; teď ji políbím, teď ji políbím; půjdu k ní a udělám to; teď vstanu a půjdu k ní. A najednou si zmateně, skoro s hrůzou uvědomuju, že skutečně vstávám a jdu k ní. A ona vstává, ruce s vyšíváním se jí třesou, ústa pootevřena úděsem; ducli jsme o sebe čely, víc nic; odvrátila se a počala prudce vzlykat: "Já vás mám tak ráda, já vás mám tak ráda!" Chtělo se mi také plakat, nevěděl jsem si rady; kristepane, co mám teď dělat? "Někdo jde," vyhrkl jsem hloupě; přestala štkát, ale to byl také konec veliké chvíle; vracel jsem se ke stolu rudý a rozpačitý a počal jsem skládat sešity. Seděla s vyšíváním těsně u očí, kolena se jí třásla. "Tak já jdu," koktal jsem, a na jejích rtech se zachvěl pokorný a ustrašený úsměv.

Druhý den mi kluk řekl znalecky a na půl huby: "Však já vím, co děláš s mou sestrou!" A zamrkal chlapsky jedním okem. Mládí je podivně nekompromisní a důsledné. Vícekrát jsem tam nešel.

IX.

Koneckonců běh života je posunován hlavně dvěma silami: zvykem a náhodou. Když jsem udělal maturu (skoro zklamán, že to bylo tak snadné), neměl jsem žádnou určitou představu, čím bych vlastně chtěl být; ale protože jsem předtím už dvakrát někoho učil (a v obou případech to byly doby, kdy jsem se cítil důležitý a veliký), bylo to přede mnou to jediné, co mělo aspoň trochu podobu zvyku: učit jiné; pročež jsem se rozhodl, že se dám zapsat na filozofii. Tatínek s tím byl spokojen: být profesorem, to je přece jen úřad a je to pod penzí. To už jsem byl dlouhý a vážný mladík, směl jsem sedět u bíle prostřeného stolu s panem farářem, notářem a ostatní honorací, a nadouval jsem se nesmírně; teď je přede mnou život. Najednou jsem viděl, jak je ta místní honorace maloměstská a zvenkovštělá; cítil jsem se povolán, abych to dotáhl někam výš než oni, a tvářil jsem se tajemně jako člověk, který má své veliké plány; ale i to byla jenom nejistota a trochu strach z toho kroku do neznáma.

Myslím, že to byla nejtěžší chvíle mého života, když jsem

vystoupil v Praze z vlaku se svým kufříkem a najednou jsem ztratil hlavu: co teď a kam se vrtnout? Zdálo se mi, že se všichni lidé ohlížejí a smějí, jak tu stojím bezradně s kufříkem u nohou; překážel jsem nosičům, strkali do mne lidé, drožkáři na mne volali, kam račte, mladý pane? Popadl jsem v panice kufřík a počal jsem putovat ulicemi. Hej, jděte s tím kufrem z chodníku, volal na mne strážník. Prchal jsem do postranních ulic, ztracený a bez cíle, přendávaje kufřík z ruky do ruky. Kam vlastně běžím? Já nevím, a proto musím běžet; kdybych se zastavil, bylo by to ještě horší. Konečně mi vypadl kufřík z prstů strnulých křečí a bolestí. Byla to tichá ulice, mezi dlážděním vyrážela tráva jako u nás doma na rynku; a zrovna před mýma očima na vratech průjezdu byla přibita cedulka: Pokoj pro svobodné pány k pronajmutí. Oddechl jsem si nesmírnou úlevou: Tak vida, přece jsem to našel.

Vzal jsem ten pokoj u staré, nemluvné báby; byla tam postel a pohovka, páchlo to zasmušile, ale to bylo jedno; byl jsem aspoň v bezpečí. Měl jsem horečku z rozčilení, nemohl jsem jíst a nic; ale aby se neřeklo, dělal jsem, že jdu jako někam jíst, a toulal jsem se po ulici, pln strachu, abych neztratil svůj přístav. Tu noc ještě nervová horečka mátla a bortila mé sny; k ránu jsem se probudil, a na pelesti mé postele seděl tlustý mládenec, páchl pivem a recitoval nějaké verše. "To koukáš, co?" řekl a recitoval dál. Myslel jsem, že je to ještě sen, a zavřel jsem oči. "Bože, to je hovado," děl mládenec a počal se svlékat. Posadil jsem se na posteli; mládenec seděl na pelesti a zouval si boty. "Zas abych si zvykal na jiného vola," naříkal. "Co mně to dalo práce, než jsem umlčel toho, co tu byl před tebou, a ty mně tu budeš spát jako dřevo," stěžoval si hořce. Byl jsem nesmírně rád, že na mne někdo mluví: "Které to byly verše?" ptal jsem se. Mládenec se rozzuřil. "Verše! Ty mně budeš mluvit o versích, ty saláte! Poslechni," koktal, "chceš-li se mnou vyjít, tedy chraň tě pámbu, abys na mne šel s tím pitomým parnasismem. Víš hovno, co je poezie." Seděl s botou v ruce a díval se do jejích hlubin; počal tiše a uchváceně říkat jakousi báseň. Mrazilo mne okouzlením, bylo to všechno pro mne nekonečně nové a divné. Básník hodil botou do dveří na znamení, že je konec, a vstal. "Bída," vzdychl. "Bída." Zhasil petrolejku a lehl si těžce na pohovku; bylo ho ještě slyšet, jak si něco šeptá. "Ty," ozval se po chvíli ze tmy, "jak je to dál: Anděle boží, strážce můj –? Ty to taky nevíš? Až budeš takové prase jako já, bude ti to taky chybět, počkej, jak ti to bude chybět –"

Ráno ještě spal, odulý a rozcuchaný. Když se probudil, měřil mě mračnýma očima. "Dát se zapsat na filozofii? Nač to? Člověče, že se ti chce!" Přesto mne protektorsky dovedl na univerzitu, tady máš tohle, tady to, a vem tě čert. Byl jsem zmaten a fascinován. – Tohle tedy je Praha a takoví lidé tady jsou; asi to patří k věci a musím se podle toho chovat. Za pár dní jsem se obeznámil s rutinou univerzitních přednášek; škrabal jsem do sešitu učené výklady, kterým jsem dosud nemohl rozumět, a v noci jsem debatoval s opilým básníkem o poezii, o holkách a o životě vůbec; to i to uvádělo mou venkovskou hlavu v jakousi závrať, jež nebyla nepříjemná. Mimoto bylo mnoho nač se dívat. Bylo toho vůbec příliš mnoho najednou, zaplavilo mě to chaoticky a překotně; snad bych byl znovu zalezl do svého spolehlivého a samotářského dříčství, nebýt tlustého, opilého poety a jeho povzbuzujících kázání. To máš samou sračku, řekl s jistotou, a věc byla vyřízena; jen poezie byla částečně vyňata z jeho divokého opovržení. Osvojoval jsem si dychtivě jeho cynickou svrchovanost nad věcmi života; pomáhal mně vítězně překonat tu spoustu nových dojmů a nedostupných věcí; mohl jsem se dívat s hrdostí a uspokojením, nač na všechno kašlu. Což mi to nedávalo ohromný pocit převahy nad čímkoliv, co popírám? Což mě to neosvobozovalo z romantického a bolestného snění o životě, jenž přes všecku mou slavnou svobodu a úředně ověřenou zralost se pořád ještě nedal chytit do rukou? Mladý člověk chce všechno, co vidí, a zlobí se, že to nemůže mít; pročež se mstí na světě i na lidech a hledá, co by jim upřel. A pak se snaží dokázat svou bouřlivost sám sobě; nastanou flamendrovské noci, výpravy na okraje života, děsně žvanivé debaty a sháňka po zkušenostech lásky, jako by to byly ty nejslavnější trofeje mužství.

Snad to bylo i jinak: snad se ve mně nahromadilo divokosti a nesmyslu za těch přikrčených a školáckých osm let, a teď to muselo ven. Snad to patří prostě k mládí jako růst vousů a mizení brzlíku. Bylo patrně nutné a přirozené prožít to; ale měřeno celým životem, bylo to období divné a vyšinuté, velkolepé maření času a cosi jako radost, že se nám podařilo porušit smysl života. Už jsem ani nebyl zapsán na univerzitě; psal jsem verše, myslím, že špatné; přesto vycházely v časopisech, o kterých už dávno nikdo neví. Jsem rád, že jsem je neschovával a že po nich nezůstalo památky ani v mé paměti.

Rozumí se, že to prasklo. Tatínek za mnou přijel a ztropil ukrutný tartas; a že když tak, tedy nebude takový blázen, aby posílal synáčkovi peníze na flámování. Nadul jsem se uraženě, patrně ze špatného svědomí; já mu ukážu, že se uživím sám. Podal jsem k ředitelství železnic žádost, abych byl přijat za úřednického aspiranta, a k svému překvapení jsem dostal vyřízení kladné.

X.

Byl jsem přidělen na nádraží Františka Josefa v Praze, abych se zaučil v dopravní i kancelářské službě: kancelář, která měla okno na tmavý perón a kde se musilo po celý den svítit; strašná a beznadějná díra, kde jsem přepočítával tranzitní poplatky a takové věci. Před oknem se míhají lidé, kteří na někoho čekají nebo někam jedou; má to svou nervózní, skoro patetickou atmosféru odchodů a příchodů, zatímco člověk za oknem škrábe pitomé, dokonale lhostejné cifry. Nechte to být, něco na tom je. A občas si protáhnout kosti na peróně, s lhostejnou tváří, neboť já jsem tady doma, abyste věděli. Jinak nesmírná, trudná, pustá otrava; jediné hluboké uspokojení: že už jsem tedy mužem, který se sám živí. Ano, hrbím se pod lampou, jako když jsem psával početní úkoly; ale tehdy to byla jenom příprava na život, kdežto teď je to sám život. To je ohromný rozdíl, pane. Počal jsem pohrdat kumpány, se kterými jsem probíjel minulý rok; jsou to nezralí, nesamostatní hoši, kdežto já jsem se stal mužem, který už stojí na vlastních nohou. Vůbec jsem se jim vyhýbal; raději jsem zapadl do fotrovské hospody, kde si tatíci vykládali své starosti a rozumy. Pánové, ani já tu nesedím jenom tak; jsem dospělý a hotový člověk, který se živí úmornou a neradostnou prací. Vždyť je to hrozné, co musím dělat, abych se uživil; celý den se tam svítí syčící plynovou lampou, to přece nelze vydržet; aspirant nebo neaspirant, já už vím, pánové, co je to život. Proč jsem se na to dal? To máte tak, rodinné ohledy a podobně. Za mého dětství u nás stavěli železnici, a já jsem se chtěl stát konduktérem nebo tím chlapíkem, co vozí na huntu odstřílený kámen. Víte, klukovský ideál; proto škrábu avíza a takové věci. – Nikdo si mě nevšímal, každý zralý člověk má své vlastní starosti; bál jsem se prostě jít domů, protože bych z únavy musel lehnout do postele, a pak bych zase dostal noční horečku a tekl by po mně ten nesmyslný pot; to je z té tmavé kanceláře, víte? Nikdo to nesmí vědět, aspirant nesmí stonat, nebo by ho propustili; musí si nechat pro sebe, co s ním v noci je. Ještě dobře, že jsem nadělal dost všelijakých zkušeností, má se mi aspoň co zdát. A jaké těžké sny: všechno se prostupuje a mate; je to obludné. Tohle je tak opravdivý a vážný život, pánové, že z toho chcípám. Člověk musí život jaksi zahodit, aby pochopil jeho cenu.

Toto období mého života, to byl jakýsi ustavičný monolog; monolog je hrozná věc, trochu jako sebeničení, něco jako přetínání pout, která vás vážou k životu; člověk, který vede monolog, už není jenom osamělý, nýbrž je vyřaděn nebo ztracen. Bůhví jaký to byl ve mně vzdor nebo co: nalézal jsem ve své kanceláři jakousi vzteklou zálibu už proto, že mě ničila; k tomu ten rozčilený spěch příjezdů a odjezdů, pořád ten chvat, pořád ten nepořádek; nádraží, jmenovitě nádraží velkého města, je překrvená, trochu jako zjítřená uzlina – čertví proč se sem táhne tolik pakáže, zlodějíčků, pasáků, cour a divných individuí; snad proto, že lidé, kteří přijíždějí nebo odjíždějí, jsou už tím vyšinuti ze svých zvykových kolejí a stávají se, abych tak řekl, příznivou půdou, na které může bujet veškerá neřest. Čichal jsem s uspokojením ten slabý pach rozkladu, hodilo se to k mé horečné náladě, k tomu mstivému pocitu zániku a chcípání. A pak, víme, bylo tu ještě jedno vítězné zadostiučinění: tady na tom peróně jsem vystoupil, je tomu něco víc než rok, vyděšený venkovský jelimánek s dřevěným kufříkem, nevědoucí kudy kam; a teď jdu přes koleje mávaje avízy, nedbalý a blazeovaný; jak daleko jsem za tu dobu došel, kde jsem nechal svá hloupá a nesmělá léta! Jak daleko, skoro až na konec!

Jednoho dne jsem nad svými lejstry vykašlal do kapesníku kus krve, a zatímco jsem se na ni překvapeně díval, přišla toho ještě větší, ohromná porce. Seběhli se kolem mne, polekaní a bezradní, jeden starý oficiál mi utíral ručníkem zpocené čelo; připadal jsem si jako pan Martinek u nás doma, chytlo ho to při práci, a pak seděl na hromadě prken, strašně bledý a zpocený, s obličejem v dlaních; díval jsem se na něho zdálky, nesmírně zaražen a polekán, – teď jsem měl stejně silný pocit hrůzy a dálky jako tehdy. Ten starý oficiál, brejlatý, podobný černému a pomalému brouku, mě pak dovedl domů a uložil do postele; chodil mě dokonce navštěvovat, protože viděl, že se bojím. Za několik dní jsem vstal, ale bůhví co se se mnou stalo: měl jsem děsnou touhu žít, i kdyby to bylo tak tiše a pomalu jako ten oficiál; touhu sedět u stolu a převracet lejstra, zatímco plynová lampa tiše a úporně syčí –

Tehdy byl "nahoře" v úřadě někdo moc rozumný; nedělali dlouhé okolky s vyšetřováním mého zdravotního stavu a přeložili mě služebně na železniční staničku v horách.

XI.

Byl to svým způsobem konec světa; tady se končila trať; kousek za nádražíčkem bylo nárazíště, kde poslední rezavá kolej zarůstala pastuší tobolkou a suchou metlicí. Dál se nejede; dál už hučí zelená horská říčka v ohybu těsného údolí. Tak, tady jsme jako na dně kapsy, konec, dál není nic. Myslím, že sem byla železnice postavena jen proto, aby vozila fošny z pily a dlouhé, rovné pně spoutané řetězem. Krom nádraží a pily tam byla hospoda, několik dřevěných domků, Němci jako polena a lesy dunící větrem jako varhany.

Přednosta stanice byl mrzutý člověk, podobný mroži; měřil mě podezíravě – kdopak ví, proč sem přesadili mládence z Prahy, asi z trestu; nutno se mu dívat na prsty. Dvakrát za den přijížděl osobní vláček se dvěma vozy, z nichž vylezl hlouček vousáčů s pilami a sekerami, se zelenými klobouky na zrzavých palicích; když odzvonil signál jeho příjezdu, bim bim bim, bim bim bim, vycházelo se na perón, aby se asistovalo velké události dne. Přednosta s rukama za zády mluví s vlakvedoucím, strojvůdce jde na pivo, topič dělá, jako by otíral špinavým hadrem lokomotivu, a je zas ticho; jen kousek dál bouchají prkna nakládaná na vagóny.

Ve stinné kancelářičce tiká telegrafní aparát, to nějaký pán z pily ohlašuje svůj příjezd; večer bude stát před nádražím kočárek s kníratým kočím, jenž bude zádumčivě odhánět konečkem biče mouchy z plece ryšavých koní. "Na, prr," řekne chvílemi tenkým hlasem, koně přešlápnou, a je zase ticho. Pak přisupí vláček se dvěma vozy, pan přednosta trochu uctivě a trochu důvěrně salutuje tomu velmoži z pily, který si jde sednout do kočárku, mluvě nápadně hlasitě; ti druzí smrtelníci mluví na nádraží jenom tlumenými, huhlavými hlasy. Tak, a to už je konec dne; teď nezbývá než jít do hospody, kde je jeden stůl prostřen bílým ubrusem pro pány z nádraží, z pily a z lesní správy; nebo ještě chvíli courat po kolejích až tam, kde zarůstají travou a pastuší tobolkou, sednout si na hromadu fošen a dýchat břitký vzduch. Vysoko na hromadě prken sedí klouček, – ne, už to není tak vysoko, a z kloučka je pán v upjaté úřední blůze, s úřední čepicí na hlavě a se zajímavým knírkem v zajímavě bledé tváři; čertví proč ho sem poslali, myslí si pan přednosta poslední stanice na světě. Hlásím, pane přednosto, za tím účelem ho sem poslali: aby seděl na prknech, jako sedával doma. Člověk musí mnoho ujít, aby se dostal zase domů. Musí se mnoho učit a prodělat mnoho hloupostí, musí vykašlat kus života, aby se zase našel na fošnách vonících dřevem a pryskyřicí. Prý je to zdravé na plíce, říká se. A už se dělá tma, na nebi vyskakují hvězdy; doma také bývaly hvězdy, ale ve městě ne. Co jich tady je, ne, co jich je, to je k nevíře. A pak si člověk myslí, kdoví oč že nejde, kdoví co všechno že nemá za sebou; a ono zatím, takové spousty hvězd! A toto je opravdu poslední stanice na světě: kolej dobíhá v trávě a pastuší tobolce, a pak už je hned vesmír. Hned za tím nárazištěm. Člověk by řekl, to hučí řeka a les, a zatím to hučí vesmír, hvězdy šelestí jako listy olší a horský vítr provívá mezi světy; pane, to se to dýše!

Nebo jít s prutem na pstruhy, sedět nad kvapnou říčkou a dělat, že jako rybaříme; a zatím, jenom se dívat do vody, co toho uplyne; je to pořád táž vlna a pořád nová, pořád táž a nová, a nikde žádný konec; člověče, co toho s tou vodou uplyne! jako by se v tobě něco oddělovalo, něco se z tebe vyplavovalo, a už to bere voda. Kde se toho v člověku nabere; pořád to odnáší s sebou nějaký jeho rmut a smutek, a pořád ho zbývá dost napodruhé. Jenom té samoty co uplynulo, a nikde žádný konec. Mladý člověk sedí nad vodou a vzdychá samotou. To je dobře, praví v něm něco, jen hodně vzdychej, a hodně zhluboka; to je zdravé pro plíce. A rybář pstruhů vzdychá hojně a hluboce.

Ale budiž řečeno: nepoddal se lehko a nesmířil se jen tak s poslední stanicí na světě. Předně je nutno ukázat, že přišel z Prahy a že není ledaskdo; dělá mu dobře být trochu tajemný a tváří se před lesními adjunkty a rudonosými bradáči z lesů jako muž, který má mnoho za sebou; jen se podívejte, jaké hluboké a ironické rýhy mu vyryl život u huby. Nechápali to dobře, byli příliš zdraví; renomovali svými dobrodružstvími s holkami na malinách nebo z vesnických tancovaček; dovedli se naprosto zabrat do hry v kuželky po celá nedělní odpoledne. Zajímavě bledý muž nakonec shledal, že ho mírně a klidně poutá dívat se na běh koule a pád kuželek;

pořád totéž a pořád nové, jako ty vlny na řece. Kolej zarůstající metlicí a pastuší tobolkou. Hromady prken odvezených, a jsou tu zas hromady nové. Pořád totéž a pořád nové. A páni, chytil jsem pět pstruhů; kde? hned za nádražím, takovíhle chlapíci. Někdy jsem se zhrozil: tohle že je život? Ano, to je život, dva vláčky denně, slepá kolej zarostlá travou a za ní hned vesmír jako stěna.

A zajímavý mladý muž, sedící na hromadě fošen, se spokojeně shýbl pro kamínek, aby jím hodil po výhybkářově slepici. Tak, a teď se rozčiluj, ty hloupá; já už jsem vyrovnaný člověk.

XII.

Teď to vidím: to celé skřípění a řinčení, to byl jenom přejezd přes výhybku; myslel jsem, že se rozletím, jak to ve mně lomozilo, a zatím jsem už vjížděl na tu pravou a dlouhou kolej života. V člověku se něco brání, když se jeho život dostává do své definitivní dráhy: předtím měl ještě neurčitou možnost být tím nebo oním, jít tam nebo onam, ale nyní má být rozhodnuto s platností vyšší, než je jeho vůle. Proto se vnitřně vzpouzí a lomcuje sebou, nevěda, že ty jeho otřesy jsou právě údery kol osudu vjíždějících na svou správnou kolej.

Teď to vidím, jak je to všechno pěkně a souvisle rozvinuto už od dětství; nic, skoro nic nebylo pouhá náhoda, nýbrž článek v řetězu nutností. Řekl bych, že o mém osudu bylo rozhodnuto, když se v kraji mého dětství počala stavět dráha; malinký svět starého městečka byl náhle zapojen do prostoru, otvírala se cesta do světa, městečko si obouvalo sedmimílové boty; změnilo se ukrutně od té doby, narostlo tam továren, peněz a bídy, byl to zkrátka jeho dějinný přerod. I když jsem tomu tehdy tak nerozuměl, okouzlovaly mě ty nové, hlučné, chlapácké věci, které vtrhly do uzavřeného světa dítěte, ty hulákající tlupy barabů, sebranka z celého světa, rány dynamitem a rozstřílené stráně. Myslím, že ta veliká dětská láska k cizí holčičce byla z největší části výrazem toho okouzlení. Zůstalo to ve mně podvědomě a neodvolatelně: proč jinak bych byl při první příležitosti přisel na to, ucházet se o místo při železnici?

Léta studií, já vím: to byla jako jiná kolej; ale což se mi dost nestýskalo a nebyl jsem jako ztracený? Ale zato jsem nalézal uspokojení a jistotu v plnění povinností; bylo mi úlevou držet se předepsané cesty hodin a úkolů; byl tu jakýsi řád, ano, byla tu pevná kolej, po které jsem se mohl rozjet. Jsem patrně úřednická povaha; potřebuju, aby můj život byl řízen povinností, abych měl pocit, že dobře a naplno funguju. Proto to dopadlo tak katastrofálně, když jsem s příchodem do Prahy ztratil přesné a bezpečné koleje, které by mě vedly. Najednou jsem nebyl ovládán žádným rozvrhem hodin a žádným úkolem, který musí být do zítřka do rána hotov. Protože mě hned neuchopila jiná autorita, oddal jsem se divoké autoritě tlustého, opilého básníka. Bože, jak je to jednoduché, a já jsem se tehdy domýšlel, kdovíco že neprožívám. I básně jsem psal, jako každý druhý student za oněch časů, a myslel jsem, že konečně jsem našel sebe sama. Když jsem se ucházel o místo u dráhy, dělal jsem to tehdy ze vzdoru a abych ukázal tatínkovi; ve skutečnosti jsem už, nevědomky a slepě, hledal pod nohama pevnou a svou cestu.

A je tu ještě ta zdánlivá maličkost, nevím, zda si ji nezveličuju: mé vyšinutí se začalo v té chvíli, když jsem s kufrem v ruce uvázl na peróně, bezradný a ubohý, divže jsem neplakal hanbou a rozpaky. Dlouho jsem se palčivě styděl za tuto porážku. Kdožví: třeba jsem se stal pánem u dráhy a nakonec i poněkud vyšším kolečkem v železnicích také proto, abych sám před sebou odčinil a napravil ten trapný a pokořující okamžik na peróně.

Pravda, toto jsou dodatečné výklady; ale někdy jsem míval intenzívní a podivnou zkušenost, že chvíle, kterou prožívám teď, odpovídá něčemu dávnému v mém životě; že se v ní naplňuje něco, co bylo žito už dřív. Třeba to, když jsem se pod syčící lampou hrbil nad avízy: bože, vždyť to je totéž, jako když jsem se lopotil se školními úkoly, hryzaje násadku a poháněn hrůzou, že to musí být hotovo. Nebo pocit svědomitého žáka, kterého jsem se nezbavil po celý život: že mám udělány všechny úlohy. Je zvláštní, že chvíle, kdy jsem si uvědomoval tento daleký a podivně jasný vztah k něčemu dávno minulému, mě rozechvívaly jako zjevení čehosi tajemného a velikého; život se mi v nich zjevoval jako hluboká a nutná jednota, prostoupená neviditelnými vztahy, jež postihujeme jenom výjimečně. Když jsem na poslední stanici světa sedal na fošnách, které mi připomínaly tatínkův truhlářský dvůr, počal jsem poprvé s úžasem a odevzdaně prožívat krásný a jednoduchý pořádek života.

XIII.

Po náležité době jsem byl přeložen na stanici vyšší třídy. Byla to, pravda, nevelká a průběžná stanice, ale byla na hlavní trati; šestkrát denně tudy projížděly veliké expresy, aniž tu ovšem zastavovaly. Přednosta byl Němec a veliký dobrák; po celý den kouřil gypsovku, ale když byl signalizován rychlík, postavil ji do kouta, okartáčoval se a odebral se na perón, aby vzdal náležitou čest mezinárodnímu spoji. Nádraží jako z cukru, ve všech oknech petúnie, všude košíky s lobelkou a lichořeřišnicí; zahrada plná šeříku, jasmínu a růží, a ještě podél skladiště a hradel samý záhon, samý kvetoucí měsíček, samá pomněnka, samé hledíky. A všechno se muselo jenom lesknout, okna, lampy, zeleně natřené pumpy, jinak se starý pán hrozně rozčiloval: "Copak to je," hartusil, "tady jezdí mezinárodní rychlíky, a vy tu máte takové svinstvo!" To svinstvo byl třeba pohozený papírek, ale nesmí to být, neboť se blíží veliká chvíle; tamhle za ohybem se s chraptivým houknutím vynořuje mohutná, vysoká hruď rychlíkové lokomotivy, starý pán popojde tři kroky vpřed, a už to burácí mimo, strojvůdce zdraví rukou, na stupátkách rychlíku salutují konduktéři, starý pán stojí v pozoru, paty u sebe, boty vyleštěné jako zrcadlo, a zvedá důstojně ruku k červené čepici. (Pět kroků vzadu, ten zajímavě bledý úředník s vysokou čepicí, v kalhotech vyleštěných seděním a salutující trochu nedbaleji, to jsem já.)

Pak se starý pán širokým, hospodářským pohledem podívá na modré nebe, čistá okna, kvetoucí petúnie, uhrabaný písek, své zářící boty a koleje, které se lesknou, jako by je zvlášť za tím účelem dal vycídit, pohladí si spokojeně nos, nu, dobré to bylo, a jde si zase zapálit gypsovku. Tento obřad se konal šestkrát denně, vždycky se stejnou pompou a stejně slavnostně. Železniční národ z celé monarchie znal starého pána a jeho vzorné nádraží; ten slavný průjezd byl vážná a milá hra, na kterou se všichni těšili. Každé neděle odpoledne bylo na krytém peróně sváteční korzo; místní lid, nastrojen a naškroben, promenoval tiše a způsobně pod košíky lobelií, zatímco starý pán přecházel s rukama na zádech u kolejí jako šéf podniku, dohlížející, je-li všechno v pořádku. Bylo to jeho nádraží, jeho hospodářství; ale kdyby se mohly dít zázraky, aby se dostalo odměny a slávy spravedlivým duším, jednoho dne by se zastavil mezinárodní rychlík (ten ve 12,17) na peróně a z něho by vystoupil císař pán; zvedl by dva prsty k čepici a řekl by: "Máte to tu pěkné, pane přednosto. Už jsem se na to vaše nádraží mockrát díval."

Měl rád svoje nádraží, měl rád všechno, co náleželo k železnicím, a ze všeho nejraději měl lokomotivy. Znal všechny podle čísel jejich sérií a podle jejich ctností. Ta a ta trochu špatně stoupá, ale zato, pane, ta postava! A tahle, koukejte, jaká délka, pane na nebi, to je kotel! Mluvil o nich jako o děvčatech, uznale a rytířsky. Pravda, tahle krátká a bachratá šestatřicítka s baňatým komínem, vy se jí smějete; ale zato jak je stará, vy mladíku! K rychlíkovým strojům choval obdiv naprosto vášnivý; ten krátký, atletický komín, ten vysoký hrudník a ta kolesa, kamaráde, to je krása! Jeho život byl přímo patetický tím, že ho ta krása míjela jenom v letu, jako hrom; a přece pro ni si leštil boty, pro ni zdobil okna petúniemi a dozíral, aby nikde nebylo poskvrnky. Bože, jaký jednoduchý recept pro šťastný život: to, co děláme, dělat z lásky k věci.

A ví bůh, jakým divem se na tom nádraží sešla taková sbírka dobráků. Telegrafista, plachý a zajíklý mládenec, který sbíral poštovní známky a hrozně se za to styděl, vždycky je honem schovával do zásuvky, zardělý až po vlasy; dělali jsme všichni, že o tom jako nevíme, a trousili jsme potají po jeho stole, mezi jeho papíry, mezi stránky knihy, kterou měl rozečtenou, kde jakou známku jsme sehnali. Ty známky nám dodávali vlakoví pošťáci. Asi je odlepovali ze všech dopisů z ciziny, které šly jejich rukama; protože to nemá být, tvářil se starý pán, že o tom nemá nejmenšího vědomí, a bylo na mně, abych vyřizoval nedovolenou část našeho tajného podniku; načež s ohromným nadšením pomáhal strojit úklady na ostýchavého telegrafistu. Nešťastný mládenec nacházel známky z Persie v kapse starého kabátu nebo Kongo ve zmuchlaném papíře, ve kterém si přinesl přesnídávku; pod lampou našel čínskou známku s drakem a z kapesníku vytřepal modrou Bolívii. Vždycky se ukrutně začervenal a oči se mu zalily slzami pohnutí a úžasu; šilhal po nás, ale my nic, kdepak; my nemáme ani zdání, že by tady někdo sbíral známky. Šťastní dospělí, kteří si hrají.

Věčně bublající portýr, jenž desetkrát denně kropí perón esovitým čůrkem vody a vadí se s lidmi, kteří na nádraží představují nepolepšitelný živel nepořádku a zmatku. Kdyby to tak šlo, nepustit sem nikoho; ale co má člověk dělat s těmi bábami a jejich nůšemi a ranci. Pořád pouští hrůzu a pořád se ho nikdo nebojí; jeho život je těžký a rozčilený, a jenom když stanicí rachotí mezinárodní rychlík, přestává hudrovat a vypne prsa. Abyste věděli, tady já jsem na to, aby tu byl pořádek.

Starý lampář, melancholický a náruživý čtenář; krásné a jímavé oči, jako měl pan Martinek doma nebo můj nebožtík kamarád ze školy; vůbec mi je čímsi připomínal, a proto jsem někdy zapadl k němu do dřevěné lampárny, vysedal na úzké lavičce a zaváděl se starým nemluvou roztržité a pomalé meditace: třeba proč jsou ženské takové nebo co může být po smrti. Končilo se to rezignovaným vzdechem: a vůbec, kdopak ví, ale i to bylo nějak uklidněné a smírné; prosím vás, chudý člověk musí přijmout pozemské i záhrobní věci, ať jsou tak, nebo tak.

Zřízenec ze skladiště, otec asi devíti nebo kolika dětí; ty děti byly také většinou ve skladišti, a když tam někdo přišel, mizelo to honem za bednami jako myši. Ono to nemělo být, ale co si počít s takovým požehnaným otectvím. V poledne to sedělo na rampě skladiště podle velikosti, jedno světlovlasejší než druhé, a jedlo to koláče s povidly, patrně proto, aby to mohlo mít povidlové kníry od ucha k uchu. Nedovedu si vzpomenout, jak vypadal a jaký byl jejich táta; vidím jenom jeho plandavé kalhoty s hlubokými záhyby, které se zdály vyjadřovat samou oteckou starostlivost. A tak dále: samí takoví řádní, svědomití, citliví lidé – i to patrně náleží k obyčejnosti mého života, že jsem poznal tolik hodných lidí.

Jednou jsem stál za vlakovou soupravou; po druhé straně šel lampář s výhybkářem, neviděli mě a mluvili o mně.

"… hodný člověk," řekl výhybkář.

"Takový dobrák," bručel pomalý lampář.

Nu tak. Tak tady to máme, a teď už jsme doma. A honem se schovat před lidmi, abych se vyrovnal s tím, že jsem vlastně šťastný a jednoduchý člověk.

XIV.

Takové nádraží je svět pro sebe; souvisí víc se všemi stanicemi, s nimiž je pojí koleje, než s tím světem, co je na druhé straně plotu. Ještě tak ten plácek před nádražím, kde čeká žlutá poštovní kára, náleží tak trochu k nám; ale do města se chodí jako do cizí končiny, tam už nejsme na své půdě a nemáme s tím skoro nic společného. Tady je nápis Cizím vstup zakázán, a co je za tou tabulkou, je jenom pro nás; a vy druzí buďte rádi, že vás pustíme na perón a do vlaků. Vy si nemůžete dát při vchodu do města nápis Cizím vstup zakázán, vám není dáno takové výlučné a uzavřené království. My jsme jako ostrov zavěšený na železných kolejích, na nichž jsou navlečeny další a další ostrovy a ostrůvky; to všechno je naše a odděleno od druhého světa ploty a závorami, tabulkami a zákazy.

Pročež všimněte si, že po této své uzavřené půdě kráčíme

jinak než jiní lidé, důležitěji a s nedbalostí, jež se velmi liší od vašeho zmateného chvatu. Zeptáte-li se nás na něco, nakloníme trochu hlavu, jako bychom se divili, že na nás mluví tvor z jiného prostředí. Ano, řekneme, vlak číslo 62 má sedm minut zpoždění. Chtěli byste vědět, o čem mluví staniční úředník s vlakvedoucím, jenž se vyklání ze služebního vozu? Chtěli byste vědět, proč staniční úředník, stojící na peróně s rukama za zády, se náhle otočí a dlouhými, rychlými, rozhodnými kroky odchází do své kanceláře? Každý uzavřený svět se stává světem poněkud tajuplným; do určité míry je si toho i vědom a požívá to s hlubokým uspokojením.

 Když si vzpomínám na tu dobu, vidím to nádraží jakoby shora, jako malou a čistou hračku; ty druhé krychličky, to je skladiště, to je lampárna, to jsou hradla a domečky traťových hlídačů; tady uprostřed běží hračkové kolejnice, a ty škatulky, to jsou jako vagóny a vlaky. Š-š-š, š-š-š, po hračkových kolejích běhají malinké lokomotivy. Ta drobná, tlustá figurka je pan přednosta, právě vyšel z nádraží a stojí u těch miniaturních kolejí. A ten druhý, s vysokou čepicí a nohama napjatýma, až se prohýbají, to jsem já, ten modrý je portýr a ten v haleně lampář; všichni jsou hodní a sympatičtí a vyznačují se milou zřetelností. Š-š-š, š-š-š, pozor, teď jede rychlík. Kde jsem to už zažil? Ale vždyť to je, jako když jsem byl klouček na tatínkově dvoře: do země se zapíchají třísky jako plot, ohrada se vysype čistými pilinami a do toho pár barevných bobů; to jsou slepice, a ten největší bob, ten kropenatý, je kokeš. Klouček se naklání nad svou ohradou, nad svým maličkým světem, samým soustředěním tají dech a šeptem volá: Na puť puť puť! Jenže klouček nemohl do své ohrady pojmout druhé lidi, ty veliké; ti měli každý svou jinou hru, hru na řemesla, na domácnost, na městečko; ale teď, když jsme velcí a vážní, hrajeme všichni svou společnou hru, hru na naše nádraží. A proto jsme si to tak vyšňořili, aby to bylo ještě víc naše a ještě víc hračka; a proto, ano, všechno souvisí, i to, že to byl takový uzavřený svět, obehnaný plotem a zákazy. Každý uzavřený svět se stává poněkud hrou; pročež si tvoříme výlučné, jen naše, žárlivě ohrazené oblasti svých zálib a koníčků, abychom se mohli oddat své znejmilejší hře.

Hra, to je věc vážná, má svá pravidla a svůj závazný řád. Hra je pohřížené, něžné nebo náruživé soustředění na něco, na jenom něco; proto budiž to, nač se upoutáváme, izolováno ode všeho ostatního, vyděleno svými pravidly a vyňato z té okolní skutečnosti. A proto, myslím, má hra zálibu ve zmenšeném měřítku; je-li něco uděláno malinkým a zdrobnělým, je to vyňato z té druhé skutečnosti, je to víc a hlouběji světem pro sebe, naším světem, ve kterém můžeme zapomenout, že je ještě nějaký jiný. Tak, a teď se nám podařilo odtrhnout se od toho druhého světa, nyní jsme uprostřed čarovného kruhu, jenž nás odděluje; je svět dítěte, je škola, je bohémská parta básníkova, je poslední stanice na světě; je čisťounké nádraží vysypané pískem a celé vroubené květinami, a tak dále, až nakonec je zahrádka penzistova, poslední vydělený svět, poslední tichá a soustředěná hra; červené klásky dlužichy, chladné laty tavolníků a na dva kroky dál na kameni pěnkava, hlavičku na stranu, a dívá se jedním okem: Co ty vlastně jsi?

Ohrada z třísek zapíchaných do země, hračkové koleje, jež se rozbíhají a zase sbíhají, hračka nádraží, krychličky skladišť a hradel; hračky semaforů a výhybek, barevných signálů a pump; krabičky vagónů a dýmající mašinky; hudrující modrá figurka kropící perón, tlustý pán s červenou čepicí; ten panáček s nohama napjatýma, až se mu prohýbají, to jsem já. Nahoře v okně za kvetoucími petúniemi hračka panenky, to je dcera starého pána. Panáček salutuje, panenka rychle kývne hlavou, a je to. S večerem vyjde panenka a sedne si na zelenou lavičku pod kvetoucími bezy a jasmíny. Ten ve vysoké čepici stojí u ní, nohy napjaty, až se mu prohýbají. Dělá se tma, na kolejích svítí červená a zelená světýlka, po pérónech se klátí železničáři s rozžatými lucernami. V ohybu kolejí to chraptivě zahoukne, to už je večerní rychlík, a drandí si to se všemi okny svítícími. Ten ve vysoké čepici se ani neohlédne, má tady něco důležitějšího; ale oba mladé lidi to přejede divně a rozechvěně jako dálka a dobrodružství, i bledé panence potmě zasvítí oči. Ano, už musí jít domů, a podává tomu ve vysoké čepici prsty třesoucí se a trochu vlhké. Z lampárny vychází děda lampář a mumlá něco, asi: A vůbec, kdopak ví. Na peróně stojí ten ve vysoké čepici a dívá se nahoru do jednoho okna. Jakýpak div, vždyť je to jediné děvče tady na tom ostrově, jediná mladá žena v tomto uzavřeném království; už to jí propůjčuje vzácnost ohromnou a výjimečnou. Je pěkná mládím a čistotou; její tatík je takový dobrák a mamá důstojná a skoro vznešená, vonící jakoby cukrem a vanilkou. Panenka je Němkyně, ale to jí dodává trochu jako cizokrajnosti. Bože, vždyť i to už tady bylo, tehdy to hůdě neznámého jazyka; tak tedy opravdu je celý život udělán jako z jednoho kusu?

A pak už ti dva sedají na lavičce vedle sebe a mluví nejvíc o sobě samotných; to už nekvete jasmín, ale podzimní jiřiny. Všichni dělají, jako by ty dva tam vzadu neviděli; starý pán v tu stranu raději ani nejde, a lampář, když tudy musí projít, kašle zdálky, pozor, to jsem já. Ach, vy dobří, nač tolik okolků; jako by to bylo něco neobyčejného a vzácného, že někdo je po uši zamilován do dcery svého přednosty! To se stává, to už náleží k tomu obyčejnému a konvenčnímu životu; vždyť je to jako v pohádkách pro děti: ucházet se tak trochu o princeznu. Všecko je jako na dlani; ale i to náleží k poezii případu, rozechvěně otálet a netroufat si, jako by šlo o něco nedostupného. I panenka je v tom až po uši, ale má v sobě hluboce napsána pravidla hry; nejdřív, podat jen konečky neklidných prstů; vyhlížet za petúniemi, a pak dělat jakoby nic. Potom vyjde najevo, že ten druhý byl těžce, hrozně, smrtelně nemocen; když je tomu tak, lze ho držet mateřsky za ruku a domlouvat mu horlivě a dojatě: Musíte se šetřit, musíte být zdráv; tolik bych vám chtěla pomoci! A už je tu most, po kterém přecházejí z břehu na břeh celé houfy dojatých, velkodušných a důvěrných citů; už pro ně nestačí ani ten most, je nutno si tisknout ruce, aby se to sdělovalo i beze slov. Počkat, kdypak už tohle bylo, kdypak jsem už prožíval tuto rozkoš být hýčkán a litován ve své bolesti?

Ano, to bylo, když maminka zvedala řvoucí dítě, ty mé zlato, ty jediný na světě! Kdybych teď zastonal, už by ke mně nechodil starý oficiál, který neměl žádný krk a vypadal jako černý brouk; to bych ležel bledý a horečný, do světnice by vklouzla panenka s uplakanýma očima, a já bych dělal, že spím; a ona, skloněna nade mnou, by najednou zaštkala: Ty můj jediný, ty mně nesmíš umřít! Ano, jako maminka. I panence dělá dobře být jaksi maminkou a opřádat toho druhého svou rozlítostněnou starostí; myslí si s očima plnýma slz, kdyby stonal, jak bych o něho pečovala! Ani neví, jak si ho tím přisvojuje, jak si ho hledí podrobit; chce, aby byl její, aby se nemohl bránit a poddal se strašlivé obětavosti její lásky.

My říkáme láska, ale on to je celý zástup citů, ani je v tom houfu nemůžeme všechny rozeznat. Například nejen potřeba být litován, ale zároveň potřeba imponovat. Abys věděla, panenko, já jsem silný a temný chlap; silný a hrozný jako život. Ty jsi tak čistá a naivní, ty nevíš, co to je. A jednoho černého večera, který zastřel vše, se počne muž na lavičce zpovídat. Renomuje tím, nebo je pokorně zdrcen andělskou čistotou té panenky, kterou drží za ruku? Já nevím, ale je nutno říci vše. Lásky, které byly. Pustý a hanebný život tam v Praze, holky, sklepnice a takové zkušenosti. Panenka ani nedutá, vytrhla tomu druhému ruku a sedí strnule; bůhví jaké zástupy citů prožívá. A to je všechno, v mé duši je čisto a vykoupeně; co mi řeknete, děvčátko nejčistší, co mi na to řeknete? Neřekla nic, jen krátce, křečovitě, jako v prudké bolesti stiskla mi ruku a utekla. Den nato žádná panenka za petúniemi v okně. Všechno je ztraceno, jsem špinavé a hrubé prase. A zase je tak černá noc, na lavičce pod jasmíny se bělá panenka; ten ve vysoké čepici si ani netroufá k ní usednout a prosebně bručí; ona odvrací hlavu, má asi uplakané oči, a dělá vedle sebe místo. Její ruka je jako mrtvá, nelze z ní dostat slova, ó bože, co si počít? Prosím vás, prosím vás, nemohla byste zapomenout, co jsem vám včera řekl? Najednou se ke mně obrátila, ducli jsme do sebe čely (jako tehdy, to děvče s vylekanýma očima), ale nějak jsem našel její sevřená, křečovitá ústa. Někdo jde po peróně, ale teď je všechno jedno; panenka mě bere za ruku, klade ji na svá malá, měkká ňadra a tiskne ji k nim skoro zoufale – tu mne máš, tady, a musí-li i toto být, ať je to! není jiných žen, tady jsem já; já nechci, abys mohl myslet na jiné. Byl jsem bez sebe lítostí a láskou. Bůh chraň, panenko, abych přijal takovou oběť; nic takového nemusí být, stačí líbat uplakané oči, rozmazávat slzy, být strašně a slavnostně dojat. Panenka je nesmírně pohnuta tímto rytířstvím, je za to tak vděčna, tak vděčna, a ze samé nadšené vděčnosti a důvěry by byla s to se oddat ještě víc. Proboha, takhle to dál nepůjde; i ona to ví, ale v ní je pořádek věcí zapsán hlouběji; bere mě moudře za ruku a povídá: Kdy se vezmeme?

Toho večera ani neřekla, že už musí domů; nač to, nyní jsme klidní a rozumní; od této chvíle je v našich citech dokonalý a krásný pořádek. Rozumí se samo sebou, že ji doprovázím až ke dveřím, stojíme ještě a nemáme žádný spěch s rozloučením. Broukající portýr mizí v nějakých jiných dveřích, a teď jsme jenom my dva, to všecko je naše: nádraží, koleje, červená a zelená světýlka a spící řady vagónů. Už se nebude panenka schovávat za petúniemi; vždycky se tam ukáže, když z nádraží vyjde na perón ten ve vysoké čepici, mrkne do okna a s vypjatou hrudí, šťastný a spolehlivý, bude konat to, čemu se říká služba.

Ale obraťme to, obraťme to; nebyla to jenom hračka, vůbec to nebyla hračka; veliká a těžká je láska, a i ta nejšťastnější je hrozná a zdrcující svou přemírou. Nemůžeme milovat bez bolesti, kéž bychom umřeli láskou, kéž bychom změřili utrpením její nesmírnost, neboť žádná radost nedosáhne dna. Jsme bez míry šťastni a tiskneme si ruce téměř zoufale: ty, zachraň mě, neboť miluju příliš. Ještě že jsou nad námi hvězdy, ještě že je dost místa pro něco tak velikého, jako je láska. Mluvíme jen proto, aby nás to mlčení nezdrtilo velikostí věcí. Dobrou noc, dobrou noc, jak těžko je přetrhnout tu věčnost na kousky času! Nebudeme spát, bude nám přetěžko a hrdlo nám bude svírat pláč lásky. Kéž by už byl den, bože, kéž je den, abych ji mohl pozdravit v okně!

XV.

Brzo po svatbě jsem byl přeložen na velkou stanici; snad se za to přimluvil starý pán, který mě ochotně a skoro s apetýtem dobrého jedlíka přijal do svého oteckého srdce. Teď jsi náš, řekl, a bylo to. Paní byla rezervovanější; pocházela ze staré úřednické dynastie a byla by si patrně přála vyvdat svou dceru do vyšší státní služby; poplakala si trochu zklamáním, ale protože byla romantická a sentimentální, usmířilo ji, že je to taková veliká láska.

Stanice, na kterou jsem přišel, byla pochmurná a hlučná jako továrna; důležitá křižovatka, kilometry kolejí, skladiští a výtopen, těžký nákladní provoz; všude na prst uhelného prachu a sazí, celá stáda dýmajících lokomotiv, staré a těsné nádraží; několikrát denně se to zadrhlo a musilo se to nakvap rozplétat, jako když se s prsty už do krve odřenými rozvazuje zauzlené lano. Nervózní a popuzení úředníci, mručící personál a vůbec tak trochu peklo. Člověk do toho chodil jako havíř do dolu, ve kterém se dělají trhliny; každou chvíli to může spadnout, ale je to práce pro chlapa; tady se aspoň cítí mužem, křičí, rozhoduje a nese svou odpovědnost.

A pak domů, po pás se drhnout a zařičet si rozkoší z čisté vody; žena už čeká s ručníkem v rukou a usmívá se. To už není bledý a zajímavý mladík; to je široký dělník, udřený a chlupatý, ale hrudník, pane, jako skříň; pokaždé ho poplácá po mokrých zádech jako veliké a dobré zvíře. Tak, teď jsme umyti, teď už neumažeme svou čistou paničku; ještě hubu utřít, aby na ní nezůstalo něco, co bylo řečeno mezi kolejemi, a pak slušně a slavnostně políbit paní manželku. Tak, a teď povídej. Inu, zlosti byly, to a to, mělo by se to celé nádraží zbourat, nebo aspoň ty magacíny vzadu; hned by bylo místo pro šest nových kolejí, a líp by se pracovalo; říkal jsem to dnes tomu a tomu, ale jen po mně střelil očima: ty nám budeš něco povídat, a jsi tu sotva pár měsíců! – Kývala s pochopením hlavou; je to jediný člověk, se kterým je možno o všem mluvit. – A co ty jsi, miláčku, dělala? – Usmívá se, taková hloupá mužská otázka! co dělají ženy? to a ono, a pak čekají na svého muže. – Já vím, má drahá; ono to není vidět, samá maličkost, tady pár stehů a tady nakoupit večeři, ale dohromady to dělá domov; kdybych ti políbil prsty, poznal bych na svých rtech, že jsi šila. – A jak je pěkná, když podává večeři; večeře je sice střídmá, německá, ale ona sama, ona má hlavu v polostínu a jenom její ruce se pěkně a přívětivě pohybují ve zlatém kruhu domácího světla. Kdybych je políbil v předloktí, ucukla by a snad by se zarděla, že se to jako nepatří; a tak jenom šilhám, jaké má dobré, ženské ruce, a broukám chválu večeře.

Nechtěli jsme ještě teď mít děti. Tady, říkala, je příliš mnoho kouře; to by nebylo pro dětské plíce. Jak je tomu dávno, co byla nevědomou, pateticky bezradnou panenkou? A teď je to taková rozumná, pokojná žena, která ví, čeho je třeba; i ve své manželské lásce klidná a laskavá, jako když hezkýma, po loket holýma rukama podává večeři. Slyšela nebo četla kdesi, že tuberkulózní lidé bývají v lásce náruživí; proto u mne znepokojeně sleduje známky čehokoliv, co se jí zdá přílišnou vášnivostí. Někdy se na mne zachmuří: Nesmíš tak často. – Ale jdi, miláčku, proč? – Směje se mi přátelsky do ucha: Byl bys zítra ve službě roztržitý, a není to zdravé. Spi jen, spi. – Dělám, jako bych spal, a ona vážně, starostlivě se dívá do tmy a myslí na mé zdraví a na můj životní postup. Někdy, nevím, jak bych to řekl; někdy bych si byl hrozně přál, aby nemyslila jen na mne; to není jen pro mne, ty drahá, to je i pro tebe; kéž bys mi zašeptala do ucha, ty můj jediný, jak jsem po tobě toužila! A nyní spí, a zase já nespím; myslím na to, jak je mi s ní dobře a bezpečně, nikdy jsem neměl tak spolehlivého přítele.

Byla to dobrá a silná doba; měl jsem svou těžkou, odpovědnou práci, ve které jsem se mohl osvědčit; a měl jsem svůj domov, zase takový uzavřený svět, svět jenom pro nás dva. My, to už není nádraží, to nejsou mužové ve společné službě, to jsme jen my dva, žena a já. Náš stůl, naše lampa, naše večeře, naše lože: to "naše" je jako příjemné osvětlení, jež dopadá na věci domova a činí je jinými, pěknějšími a vzácnějšími než všechny druhé. Koukej, drahoušku, ty záclony by se u nás pěkně dělaly, nemyslíš? A takto tedy postupuje láska: nejdřív nám stačilo přisvojit si sebe, to bylo to jediné na světě, na čem záleželo; a když jsme si jeden druhého přisvojili tělem i duší, přisvojujeme si věci pro náš společný svět; máme nesmírnou radost, když něco nového učiníme naším, a kujeme plány, co si jednou pořídíme, aby toho našeho bylo víc. Pojednou nalézám nebývalou zálibu ve vlastnictví; dělá mi radost hospodařit, šetřit a ukládat nějaký ten krejcar, – vždyť je to pro nás a je to má povinnost. I v úřadě mi narůstají lokte a deru se nahoru ze vší síly; ti druzí se na mne dívají úkosem a skoro nepřátelsky, jsou zlí a nedružní, ale to je jedno; na to má člověk domov a rozumnou ženu, na to má svůj vlastní, soukromý svět důvěry, sympatie a pohody, a ty druhé může vzít čert. Tady člověk sedí ve zlaté glórii domácí lampy, dívá se na bílé, příjemné ruce své ženy a chutě vykládá o těch závistivých, zlovolných a neschopných lidech v úřadě: to víš, do cesty by se chtěli stavět. Žena souhlasně a uznale pokyvuje hlavou; s ní je možno mluvit o všem a pochopí to; ví, že to všechno je pro nás. Tady se člověk cítí silný a dobrý. Jen kdyby někdy v noci zašeptala do ucha, zmatená a matoucí: Ty milý, tolik jsem po tobě toužila!

XVI.

A potom už jsem dostal pěknou a dobrou stanici; byl jsem poměrně mladý přednosta, ale což jsem nebyl co nejlépe zapsán nahoře? Snad i tchán trochu pomohl, to dobře nevím; ale byl jsem teď jako na vlastním gruntě, měl jsem své nádraží, a když jsem se tam se ženou nastěhoval, cítil jsem s hlubokým a slavnostním uspokojením: Zdrávi došli, nyní jsme ve svém, a to už je, dá-li bůh, pro celý život.

Byla to dobrá stanice, křižovatka dopravy víc jen osobní; pěkný kraj, vlhká luční údolí, klapající mlýny a hluboké panské lesy s lovčími zámečky. Večer to vonělo otavou z luk a v kaštanových alejích hrčely panské kočárky. S podzimem přijíždělo panstvo na hony, dámy v lodenových šatech, páni v mysliveckém, se strakatými psy a s puškami v nepromokavých pouzdrech; kníže ten a ten, pár hrabat a sem tam extra host z nějakého panujícího domu. To už čekaly před nádražím kočáry s bílým spřežením, s groomy, lokaji a tuhými, vzpřímenými kočími. V zimě tu bývali kostnatí lesmistři s frňousy mohutnými jako liščí ocasy, a velmožní ředitelé panství, kteří občas jeli do města slavně a skvěle si zahýřit. Zkrátka byla to stanice, ve které musí všechno bezvadně klapat; ne už takový opentlený lidový svátek, jako bylo nádraží starého pána, ale důstojná a tichá stanice, kde nehlučně zastavují rychlíky, aby z nich vystoupil jeden nebo dva páni s kamzičími štětkami za kloboukem, a kde i konduktéři zavírají dvířka vagónů tiše a uctivě. Sem by se nehodily naivní a žvatlavé záhonky starého pána; toto nádraží má jinou duši, trochu jako nádvoří zámku; i budiž tu přísný pořádek, všude čistý písek a žádné kuchyňské řinčení života.

Dalo to dost práce a pilování, než jsem ze svého nádraží udělal své dílo. Do té doby to byla spořádaná, ale bezvýrazná stanice; nemělo to, abych tak řekl, žádnou invenci; ale dokola byly staré, krásné stromy a táhla tudy vůně luk. A já z toho udělám nádraží čisté a tiché jak kaple, přísné jako nádvoří zámku. To jsou sta malých problémů, jak upravit službu, jak předělat pořádek věcí, kde parkovat prázdné vozy a kdesi cosi; nedělám své krásné nádraží z kytiček jako starý pán, ale z vlakových souprav, z krásného pořádku, z hladké a tiché cirkulace. Každá věc je krásná, je-li na svém místě; ale takové místo je vždycky jenom jedno a není každému dáno je nalézt. A najednou je tu jakoby větší a volnější prostor, věci mají svůj čistší obrys a nabývají čehosi jako vznešenosti; tak, teď je to to pravé. Stavěl jsem své nádraží bez zedníků, jen z toho, co tu už bylo; a přišel čas, kdy jsem byl se svým dílem spokojen. Starý pán se přijel podívat, zvedl obočí a hladil si skoro překvapeně nos. "Nu, máš to tu pěkné," bručel a šilhal po mně neklidně; zdálo se, že si v tu chvíli není jist, jsou-li jeho záhonky to pravé.

Ano, teď je to vpravdě mé nádraží, a poprvé v životě mám

pocit něčeho hluboce svého, silný a dobrý pocit vlastního já. Žena cítí, že jí unikám a toto že dělám jenom pro sebe; ale je rozumná a popouští s úsměvem, nu, jdi si, je to tvá věc, ty máš své a já budu střežit to naše. – Máš pravdu, drahoušku, snad jsem se drobátko odcizil tomu, co bývalo naše; sám to cítím, a proto asi jsem k tobě tak hrozně pozorný, když mám chvilinku pokdy; ale vždyť vidíš, co mám práce! – Dívá se na mne přívětivě a s mateřskou shovívavostí. Jdi, vždyť já vím, že to u vás mužských jinak nejde; zažerete se do svého díla, jako – Jako když si hrají děti, ne? – Ano, jako když si dítě hraje. – Toto vše víme beze slov, není třeba o tom mluvit; marná sláva, něco z toho našeho bylo obětováno tomu, co je jenom mé. Mé dílo, má ctižádost, mé nádraží. A ona ani nevzdychne, jenom někdy složí ruce v klín a dívá se na mne s laskavou starostí. "Ty," řekne váhavě, "snad bys neměl tak příliš mnoho pracovat; to přece není zapotřebí –" Trochu se mračím; co ty víš, čeho všeho je zapotřebí, má-li tady být vzorné nádraží! Mohla bys někdy říci: jsi chlapík a dovedeš udělat dobrou práci; a ne pořád: šetři se a tak. – V takových chvílích jsem se loudal znovu ven, jaksi se znovu přesvědčit, že je všechno v pořádku a že to stojí za tu práci; ale trvalo to nějakou chvíli, než jsem zase našel ve věcech tu pravou radost.

Ale to nic: bylo to vzorné nádraží, lidé tu chodili skoro po špičkách jako v nějakém zámku; takové všechno čisté a přehledné – Panstvo v zelených kloboucích si nejspíš myslelo, že to dělám pro ně; chodili mi potřást rukou jako hoteliérovi, se kterým jsou velmi, velmi spokojeni, i dámy v lodenových šatech na mne kynuly přátelsky a uznale, ba i ti jejich strakatí psi zavrtěli zdvořile ocasem, když tudy šel pán v úřední čepici. Ach vy, jen nechte na hlavě; tohle já dělám sám pro sebe, víme? Co mně je po vašich pitomých hostech z panujících domů! Když to musí být, salutuju a prohnu nohy, a dost. Víte vy, co to jsou vůbec železnice, co je takové nádraží, co je pořádek a takhle hladce fungující provoz? Starý pán, ten něčemu rozumí, jeho pochvala něco znamená; to je, jako když tatínek pohladil dlaní kus nábytku, dobré je to. To nikdo z vás nemůže ocenit, co je mé nádraží a co jsem do něho dal. Ani vlastní žena tomu nerozumí; chce mě mít pro sebe, a proto říká, šetři se. Obětavá je, jen co je pravda; dovede se obětovat člověku, ale nějaké pořádné, veliké věci, to ne. Teď si myslí, kdyby tu byly děti, však by ten můj tu službu tak nežral a byl by víc doma. A vidíš, jako z udělání: děti nejsou. Já vím, co se o tom napřemýšlíš; a proto ty pořád: abych se nepřepracoval, a kdesi cosi, a krmíš mě jako drvoštěpa. Tloustnu, jsem jako hrom, a ono nic. A ty pak sedíš se suchýma očima a šití ti klesne do klína – jako mamince, ale maminka měla pořád slzy na krajíčku. Leží to mezi námi jako mezera; nic platno, teď se ty sama ke mně křečovitě tiskneš, ale ta mezera zůstává. Pak ležíš a nespíš, ani já nespím, ale mlčíme, aby snad nepadlo slovo, že tu něco chybí. Já vím, ty hodná, je to trochu nespravedlivé: já mám svou práci, své nádraží, mně to stačí, ale tobě ne.

A pán v úřední čepici, přecházející po peróně, trochu rozhodí rukama: inu, co dělat; ale aspoň to nádraží je opravdu mé, je vzorné a čisté a funguje jako dokonalý stroj, běžící tiše v naolejovaných čepech. Co dělat, nakonec muž je nejvíc doma ve svém díle.

XVII.

Nu vida, všechno se časem poddá; čas je přece jen největší síla života. Žena si zvykla a smířila se s tím, co je; už si nedělá naděje na děti, ale zato si nalezla jiné životní poslání. Jako by si řekla: Můj muž má svou práci, a já mám svého muže; on udržuje v pořádku takový kus světa, a já udržuju v pořádku jeho. Vynašla celou spoustu věcí, které mně nevím proč imputovala jako mé zvyky a nároky; toto jí můj rád a toto mu nedělá dobře; chce mít takto, a ne jinak prostřeno, tady mít připravenu vodu a ručník, zde mají stát jeho střevíce; polštář pro něho musí být položen takto a noční košile uchystána takhle a nijak jinak. Můj chce mít všechno po ruce, můj je zvyklý na svůj pořádek a tak dále. A já přicházím domů, a hned mě obklopí pedantní řád mých zvyků; ona je vymyslela, ale já je musím plnit, abych vyhověl její představě, že to tak chci. Nevěda sám jak, zapadám do té soustavy zvyků připravených pro mne; mimovolně se cítím hrozně důležitý a důstojný, neboť to všechno se točí kolem mé osoby; zvedl bych udiveně obočí, kdyby mé střevíce na mě čekaly o coul jinde než obvykle. Uvědomuju si, že se mne má žena zmocňuje skrze mé zvyky a čím dál víc mě jimi ovládá; poddávám se tomu rád, jednak z pohodlí a jednak proto, že to vlastně lichotí mé sebeúctě. A nejspíš i trochu stárnu, neboť se počínám cítit silně a dobře doma ve svých zvycích.

A mou ženu těší, že takto kraluje v prvním patře nádraží za okny plnými bílých petúnií. Každý den má svůj ustálený a skoro posvátný průběh; znám zpaměti všechny ty malé, každodenní, příjemné zvuky; teď potichu vstává žena, obléká si župan a jde po špičkách do kuchyně. Tam už chraptí mlýnek na kávu, šeptem se dávají rozkazy, něčí ruce potichu kladou mé vykartáčované šaty na lenoch židle; já se poslušně tvářím, jako bych ještě spal, až do té chvíle, kdy přijde žena, upravená a pěkná, a vysouká žaluzie. Kdybych otevřel oči o něco dřív, zarmoutila by se a řekla by: "Já jsem tě probudila?" A tak je to den za dnem, rok za rokem; říká se tomu "můj pořádek", ale ona jej stvořila a bdí nad ním čilýma očima; ona je tu paní, ale všechno se děje pro mne, – tak je to poctivě manželsky rozděleno. Já jsem v úřední čepici dole, obcházím stanici od hradel k hradlům, to je mé hospodářství; jsem asi mocný a přísný pán, neboť všichni jsou náramně přesní a horliví, když jsem v dohledu; dívat se, to je má hlavní práce. Pak si jdu potřást rukama s vousatými lesmistry; jsou to zkušení lidé, kteří vědí, co je pořádek. Panstvo v zelených kloboucích už pokládá za svou povinnost jít podat ruku přednostovi stanice; teď už náleží k tomu místu tak jako farář nebo místní doktor, pročež se sluší promluvit s ním o zdraví a o počasí. A večer se mimochodem řekne: "Byl tu hrabě ten a ten, špatně vypadá." Žena pokývne hlavou a míní, to že dělá věk. "Jakýpak věk," protestuju s uraženým pocitem muže, kterému táhne na padesátku, "vždyť mu je teprve šedesát!" Usměje se a podívá se na mne, jako by říkala: copak ty, ty jsi právě v nejlepší síle; to dělá ten klidný život. A pak je ticho; lampa bzučí, já čtu noviny a žena německý román. Já vím, je to něco tklivého o velké a čisté lásce; čte takové věci ještě pořád nesmírně ráda a nijak jí nevadí, že to v životě vypadá jinak. Manželská láska, to je přece něco docela jiného; náleží to k pořádku a je to zdravé.

Píšu toto, když už je, chudák, dávno pod zemí. Vzpomínám na ni bůhví kolikrát denně; nejmíň na ty měsíce před smrtí, když tak těžko stonala, – tomu se raději vyhýbám; kupodivu málo na naši lásku a na první léta soužití; nejvíc právě na tuto pokojnou a neměnnou dobu na našem nádraží. Mám hodnou hospodyni, která se o mne stará, jak může; ale když hledám třeba jen kapesník nebo lovím pod postelí střevíc, tu teprve vidím, bože, co lásky a pozornosti bylo v tom pořádku a v tom všem, a cítím se hrozně osiřelý, až mi to svírá hrdlo.

XVIII.

Potom přišla válka. Mé nádraží bylo dost důležitý uzlík pro transporty vojáků a materiálu, a tož tam dali vojanského komandanta, jakéhosi ožralého setníka v polovičním deliriu. Od rána řval, pokud byl vůbec při sobě, pletl se do mých věcí a tasil šavli na traťmistra; žádal jsem nahoru, aby sem poslali někoho pokud možno méně šíleného, ale když to nepomohlo, nezbylo než mávnout nad tím rukou. Mé vzorné nádraží chátralo, žalno se podívat; zaplavil je pustý nepořádek války, zápach lazaretu, zacpané transporty a ohavný rmut špíny. Na perónech rance a rodiny z evakuované fronty, v čekárnách, na lavičkách, na poplivaných podlahách spí vojáci jako mrtví. A pořád tudy patrolují ochraptělí, rozlícení četníci a hledají dezertéry nebo chudáky, kteří si vezou v batohu trochu brambor; pořád nějaký křik a lamento, lidé na sebe podrážděně řičí nebo jsou někam strkáni jako ovce, uprostřed toho zmatku trčí dlouhý a strašně tichý vlak s raněnými a odněkud je slyšet, jak opřen o vagón dáví a zvrací ožralý setník.

Bože, jak jsem to počal nenávidět! Válku, železnice, své nádraží a všechno. Ošklivily se mi vagóny páchnoucí špínou a dezinfekcí, s rozbitými okny a počmáranými stěnami; ošklivilo se mi to zbytečné pobíhání a čekání, věčně ucpané koleje, tlusté samaritánky a vůbec všechno, co mělo co dělat s válkou. Nenáviděl jsem to zběsile a bezmocně; zalézal jsem mezi vagóny a div jsem neplakal nenávistí a hrůzou, Kriste Ježíši, tohle přece nevydržím, tohle nemůže nikdo vydržet! Doma jsem o tom nemohl mluvit, neboť žena věřila nadšeně a s planoucíma očima ve vítězství císaře pána. U nás, jako všude za vojny, chodily děti chudých na uhlí do jedoucích vlaků; jednou jeden klouček spadl a přejelo mu to nohu; slyšel jsem jeho děsný řev a viděl rozdrcenou kostičku v krvavém mase. Když jsem o tom řekl ženě, zbledla trochu a vyhrkla prudce: "Bůh ho potrestal!" Od té chvíle jsem s ní nemluvil o ničem, co se týkalo války; nu, vidíš přece, jak jsem unaven a hotov se svými nervy.

Jednou se ke mně přihlásil na peróně člověk, kterého jsem hned nepoznal; ukázalo se, že jsme byli spolu na gymnáziu a že je něčím v Praze. Muselo to ze mne ven, tady jsem o tom s nikým nemohl mluvit. "Člověče, ta válka se prohraje," sípěl jsem mu do ucha, "dej si říci, tady máme ruku jako na tepně." Poslouchal mě chvíli a pak tajemně hučel, že by chtěl se mnou o něčem mluvit. Smluvili jsme se v noci za nádražím, bylo to bezmála romantické. Prý on a několik českých lidí mají spojení s tou druhou stranou; potřebovali by pravidelné zprávy o transportech válečných sil, o stavu zásob a takové věci. "A to já vám udělám," vyhrklo ze mne; sám jsem se toho hrozně polekal a zároveň jsem pocítil nesmírnou úlevu v té křečovité nenávisti, jež mě dusila. Já vím, tomu se říká vlastizrada a je na to provaz; tak já vám budu ty zprávy dodávat, a je to.

Byla to zvláštní doba; byl jsem jako bez sebe a přitom skoro jasnozřivý; měl jsem pocit, že ne já, ale něco silného a cizího ve mně dělá plány, dává pokyny a myslí na vše. Mohl bych skoro říci, já nic, to ono. Měl jsem to zakrátko scuknuto jedna radost; všichni jako by jenom čekali, že to někdo vezme do rukou; my Češi přece musíme něco udělat. S rukama za zády, před očima četníků a škytajícího komandanta jsem přijímal raporty vlakvedoucích, pošťáků a konduktérů, kam se diriguje střelivo a kanóny, jak se přemísťují armádní jednotky a takové věci. Měl jsem v hlavě celou dopravní síť, a s přimhouřenýma očima, přešlapuje po peróně, jsem si to dával dohromady. Byl tam jeden brzdař, otec pěti dětí, smutný a tichý člověk; tomu jsem vždycky pověděl, co má říci dál, ten to vyřídil v Praze svému bratrovi, který byl knihařským dělníkem, a jak to šlo dál, to nevím. Bylo to napínavé, tohleto dělat před očima všech a přitom to mít tak dobře zorganizováno; každou chvíli to může prasknout, a my všichni, my vousáči a tátové, desítky nás jsou v tom po krk; mládenci, to by byl krachec! My to víme a tak trochu na to myslíme, když lezeme do duchen k svým ženám; ale co vědí báby, co je chlap! Chválabohu, na nose nám není vidět, nač myslíme. Například, jak se dá tuhle nebo tamhle zablokovat nádraží, a najednou všechno křičí a vzteká se a trvá to dva dny, než se to zase rozplete. Nebo je špatné válečné mazání; kdo za to může, když se zavaří osy vozů? Máme plné nádraží vyřaděných vagónů a chromých lokomotiv; neračte se zbláznit s těmi telegramy, nedá se nic dělat, nemůžeme nic vypravit. Se zatajeným dechem nasloucháme, jak to dostává trhliny.

Starému pánovi se na jeho nádraží stalo neštěstí; měl to zablokováno a najel mu do toho vlak s dobytkem na frontu; nic velkého, bylo několik raněných a krávy se musily porazit na místě, ale starý pán, takový pravý železničář, se z toho pomátl a zakrátko umřel. Žena mi v noci plakala na rameně, hladil jsem ji a bylo mi nesmírně smutno. Vidíš, tobě já nemohu říci, co myslím a co dělám; tak dobře jsme spolu žili, a teď jsme si tak zatraceně daleko. Jak to přijde, že se mohou lidé sobě tak ukrutně odcizit!

XIX.

Konec války, konec monarchie; zatímco žena plačtivě posmrkávala (u ní to bylo v rodě, ta služba císaři pánu), dostal jsem z Prahy výzvu, abych šel do nového ministerstva železnic a věnoval své vynikající zkušenosti organizaci drah mladého státu. Vzhledem k těm vynikajícím zkušenostem jsem poslechl; mimoto mé nádraží za války tak sešlo, že mi nebylo těžko odejít.

To tedy je poslední odstavec obyčejného života. Byl jsem od svých dvaadvaceti let u dráhy, a byl jsem u ní rád; našel jsem tam svůj svět, svůj domov a hlavně uspokojení, že dělám něco, co dobře a spolehlivě dovedu. A nyní jsem byl povolán, abych znovu užil zkušeností toho celého života. Tak vida, nebyly nadarmo. Znám to všechno tak dobře, od odstřelování skal a stavění trasy, od poslední stanice na světě a dřevěné boudy lampářovy po zmatek a vřavu velkých nádraží; znám nádražní haly podobné skleněným zámkům a staničky v polích, vonící rmenem a řebříčkem; červená a zelená světýlka, zpocená těla lokomotiv, semafory, signály a nárazy kol na výhybce; nic nebylo nadarmo, všechno se sčetlo a slilo v takovou jednotnou a rozsáhlou zkušenost; rozumím železnicím, a to rozumění, to jsem já, to je můj život. Teď je tu všechno, co jsem žil, pohromadě v mé zkušenosti; mohu jí znovu a plně využít, a to je, jako bych znovu prožíval svůj život v jeho součtu. Cítil jsem se ve svém novém úřadě – nemohu říci šťastný, na to tu bylo příliš mnoho chaosu, ale na svém místě. Byl to obyčejný, ale celý a svým způsobem dovršený život; a když se nyní dívám nazpátek, vidím, jak se ve všem, co bylo, uskutečňoval jakýsi pořádek nebo zá

XX.

Tři neděle jsem nepsal; přepadly mě znovu ty potíže se srdcem, když jsem seděl u psacího stolu, právě uprostřed slova (mělo to být zákon nebo záměr? už ani nevím).

Tentokrát ke mně zavolali doktora; neřekl dohromady nic, prý nějaké změny na artériích, tohle budete užívat, a hlavně klid, pane, klid. A tak tedy ležím a přemýšlím – nevím, je-li to ten pravý klid, ale nemám, co bych dělal jiného. Teď už je to lepší, a proto chci dopsat, co jsem začal; už toho mnoho nezbývá, a nikdy jsem po sobě nenechal nedodělané resty. Péro mi vypadlo z ruky, zrovna když jsem se chystal napsat velikou lež; patří mi to, že na mne přišel ten záchvat. Nemám přece komu a proč lhát.

Je pravda, že jsem míval rád železnice; ale přestal jsem je mít rád, když je zasvinila válka, přestal jsem je mít rád, když jsem na nich organizoval sabotáž, a nejvíc jsem je přestal mít rád, když jsem přišel do ministerstva. Ze srdce se mi nechutila ta papírová a z větší části marná práce, které se říkalo reorganizace našich drah; jednak jsem příliš dobře viděl do všelijakých nepořádků zdola i shora, kterých se děsilo mé byrokratické svědomí, jednak jsem začal cítit něco neodvratnějšího, tragédii železniční dopravy, kterou čeká osud formanů a dostavníků; marná sláva, velká doba železnic je tatam. Zkrátka tahle práce mě naprosto netěšila; těšilo mě jen to, že jsem dost velké úřední zvíře, že mám jakýsi titul a že mohu mnoha lidem ukazovat svou moc; neboť koneckonců to je ten pravý a jediný účel života: dotáhnout to pokud možno vysoko a těšit se ze své cti a svého postavení. Tak, a toto je celá pravda.

Napsal jsem to a dívám se na to trochu vyjeveně. Jak to, celá pravda?

Inu tak, celá pravda o tom, co jsme nazvali dovršením života. To nebyla žádná radost, sedět v tom úřadě; to bylo jenom uspokojení, že jsme se k něčemu vydrápali, a žárlivý vztek, že ti šikovnější, ti politicky mazanější se dostali ještě výš. A to je celá historie obyčejného života.

Počkej, počkej, to není celá historie. (To se hádají dva hlasy, rozeznávám je docela zřetelně; ten hlas, který mluví teď, jako by něco hájil.) Mně přece nešlo v životě – o nějaký postup a takové věci!

Že nešlo?

Nešlo. Já jsem byl příliš obyčejný na nějakou ctižádost. Nikdy jsem nechtěl vynikat; žil jsem svůj život a dělal jsem svou práci –

Proč?

Protože jsem ji chtěl dělat dobře. Pohladit palcem po líci a rubu, a dobré je to. To je ten pravý obyčejný život.

Aha; a proto jsme seděli nakonec v tom úřadě, abychom nepěstovali už nic jiného než své postavení.

To – to bylo něco jiného; to už vlastně nepatřilo k tomu, jak to bylo předtím. Člověk se k stáru měnívá.

Nebo se k stáru prozradí, ne?

Nesmysl. To by se musilo už dávno ukázat, že se nějak deru do popředí či co.

Tak dobře. A kdopak to byl, ten klouček, který se trápil, že nevyniká nad své kamarády? Kdopak to tak prudce a bolestně nenáviděl syna malířova, protože byl silnější a smělejší, pamatuješ se?

Počkej, docela tak to nebylo; vždyť ten klouček si hrál většinou sám; našel si svůj malinký svět, svůj dvoreček z třísek a svůj kout mezi prkny; to mu docela stačilo, a tam zapomínal na všecko. Já to přece vím.

A proč si hrál sám?

Protože to bylo v něm. Po celý život si dělal svůj malý a uzavřený svět. Kout pro svou samotu a pro své obyčejné štěstí. Svou ohradu z třísek, své nádražíčko, svůj domov: vidíš přece, že to pořád bylo v něm!

Ta potřeba ohradit svůj život, že?

Ano, ta potřeba mít svůj vlastní svět.

Tak víš, proč měl svou ohradu z třísek? Protože nemohl vynikat mezi druhými kluky. To byl truc, to byl únik kloučka, který nebyl dost silný a smělý, aby se mohl měřit s těmi druhými. Dělal si svůj svět ze slabosti a smutku; cítil, že v tom větším, v tom otevřeném světě nebude nikdy něčím velkým a smělým, čím by chtěl být. Ctižádostivý strašpytlíček, to je to celé. Jen si pořádně přečti, co jsi o něm napsal!

Tam nic takového není!

Je, a celá hromada; jenomže jsi to poschovával mezi řádky, abys to ukryl sám před sebou. Například ten hodný a pilný žáček na obecné škole: jak nemůže splynout se svou třídou, jak je zaražený a nekurážný; je hodný, protože se mu stýská a že se chce vyznamenat. A jak ten vzorný chlapeček div nepuká pýchou, když ho pochválí pan učitel nebo pan farář! Tehdy mu stoupají do očí "slzy štěstí dosud nepoznaného"; později to už půjde bez slz, ale jak se mu bude dmout hruď, když bude otvírat jmenovací dekrety! Pamatuješ se, s jakou nevýslovnou blažeností si nosil domů vysvědčení s jedničkami?

To bylo proto, že měl z toho nebožtík tatínek takovou radost.

Tak dobrá, tatínek; a to se podívejme na tatínka. Takový byl silný a veliký, nejsilnější ze všech lidí, že? Ale "vážil si pánů"; přesněji řečeno, zdravil je poníženě, tak poníženě, že se i ten klouček za to červenal. A pořád dojatě kázal, jen aby z tebe, hochu, jednou něco bylo; to je jediný smysl života, něčím se stát. Člověk musí dřít, mamonit a bohatnout, aby si ho ti druzí vážili a aby něčím byl. Jen co je pravda, měl klouček doma příklad; to je po tatínkovi, to celé.

Tatínka nechat! Tatínek, to byl docela jiný příklad: být silný a žít ve své práci –

Ano; a v neděli měřit na vkladních knížkách, kam jsme to už přivedli. Jednou bude ten klouček sedět v úřadě a měřit sebe sama hodností, do níž zestaral. To by měl chudák tatínek ze mne radost; teď jsem víc než notář a ta ostatní honorace. Konečně se toho klouček dožil, že někým je; konečně se našel, a splnila se "veliká a nová zkušenosť", kterou udělal v dětství: že jsou dva světy, jeden vyšší, ve kterém jsou páni, a pak ten ponížený svět obyčejných lidí. Konečně jsme cosi jako pán; ale v tu chvíli se ukáže, že nad námi jsou zase ještě větší páni, sedící u stolů ještě vznešenějších, a že my jsme zase jenom malý a obyčejný člověk, kterému není souzeno vyniknout. Marná sláva: je to porážka, a porážka zatracená a konečná.

XXI.

A pořád to je, jako bych rozeznával dva hlasy, které se sváří; jako by se dva lidé tahali o mou minulost a každý si jí chtěl přisvojit co největší kus.

A co ta léta na gymnáziu, pamatuješ se?

Ano; a abys věděl, já ti je nechám. Beztoho nestála za mnoho; ta nezralost a ten bolavý pocit méněcennosti, to celé dříčství venkovského študenta – prosím, jen si to nech!

Nu, nu, jen nemluv; jako by to nic nebylo, to sklízení školních vavřínů; ta rozkoš, být první ve třídě, vždycky mít hotové úkoly a vždycky umět; aspoň v něčem být nad ty druhé, nad ty živější a kurážnější, že? A pro tyhle úspěchy sedět až do tmy s pěstmi na uších a dřít, – vždyť na to padlo celých osm let!

Celých ne, to zase neříkej; byly také jiné věci, hlubší.

Například?

Například to přátelství s tím chudákem kamarádem.

Ach, ten; já vím, ten těžkopádný, nenadaný hoch. Krásná příležitost cítit nad někým svou ohromnou převahu a vědět, že je uznávána. To nebylo přátelství, člověče; to byla horoucí a náruživá vděčnost za to, že někdo na světě pokorně uznává tvé vynikání.

Ne, tak to nebylo! A co láska k tomu plachému, krátkozrakému děvčeti?

Nic, hloupost; jednoduše puberta!

To nebyla jenom puberta!

A k tomu nedostatek odvahy. Ti druzí, holenku, to dovedli s děvčaty jinak, však jsi jim nemálo záviděl jejich kuráž; a ty, nu: co jiného než zalézt do kouta a udělat si tam svou ohradu z třísek, svůj uzavřený svět. Protože v tom otevřeném bys to, víme, nevyhrál. Ani u děvčat, ani mezi hochy. To máš pořád tu historii: pořád to zklamané dítě, které má svůj svět a uchváceně šeptá: Na puť puť puť!

Přestaň!

A tak tedy mi vysvětli ten rok v Praze, ten zmařený a pitomý rok v Praze. Ten rok, kdy jsem se flákal s básníkovou

66

partou a psal verše a kašlal na všecko.

– – Nevím. Ten rok mně dost nejde dohromady.

Mně také ne.

Počkej, něco se přece jen vysvětlit dá. Tady máme snaživého mládence; vychodil školu a myslí si, teď že mu patří svět. Doma by už mohl dělat pána a cítit se důležitý a veliký; ale sotva přijde do města, i pro Kristovy rány, teď teprve do toho jak náleží spadl, do té paniky méněcennosti, bezradnosti, ponížení a já nevím čeho. Kdyby byl měl pokdy, aby kolem sebe udělal svou idylickou ohradu z třísek, byl by se do ní zachránil –

Jenže bohužel se ho ujal básník.

Ano. Ale jen si vzpomeň, jak to bylo. Vždyť to byl také takový uzavřený koutek; ty hospůdky, ten kroužek pěti nebo kolika lidí, – člověče, to bylo po čertech malé, menší než truhlářský dvorek. A kašlat na všecko, to aspoň je iluze vynikání.

A psát verše?

Ty byly špatné. Psal verše, aby se mohl stavět na špičky. To byla jenom maska jeho zraněného a neukojeného sebecitu. Měl se pořádně učit, a bylo mu dobře; byl by dělal s úspěchem zkoušky a cítil by se jako malý pánbůh.

Počkej, to bych se nebyl dostal k železnicím; musil jsem nějak vyklouznout z univerzity, abych mohl hledat místo u dráhy. Bylo přece nutno, abych se dostal k železnicím, že?

Nebylo nutno.

Prosím tě, to je k smíchu; co bych mohl dělat jiného?

Cokoliv. Člověk s lokty se ujme všude.

Proč tedy jsem hledal zrovna místo u dráhy?

Nevím. Snad náhodou.

Tak já ti povím: z náklonnosti. Protože stavba železnice, to byla největší událost mého dětství.

A když jsem byl na gymnáziu, byla to má nejmilejší procházka navečer: jít na most, který přepínal nádraží, a dívat se dolů na červená a zelená světýlka, na koleje a lokomotivy –

Já vím. Po tom mostě chodívala stará, ohavná prostitutka;

vždycky se o tebe otřela, když chodila sem a tam.

To sem ovšem nepatří.

Ne, to sem ovšem nepatří.

Čestné slovo: to byla má předurčená cesta; měl jsem železnice rád, to je to celé. Proto jsem se k nim dal.

Nebo proto, že kdosi v Praze na nádraží prožil takové pokoření, pamatuješ se? Holenku, zjitřený sebecit je strašná síla, jmenovitě, víme, u některých snaživých a ctižádostivých lidiček.

Ne, tak to není! Já vím, já vím, že to bylo z lásky k věci. Což bych jinak mohl být ve svém povolání tak šťasten?

– – Já o žádném zvláštním štěstí nevím.

Prosím tě, co ty vlastně jsi?

Já jsem přece ten s lokty.

Ať to bylo jakkoli: uznej aspoň to, že jsem ve své práci našel sebe sama a svůj pravý život.

Něco na tom je.

Tak vidíš.

Jenže ono to není tak jednoduché, kamaráde. Cože tehdy předcházelo? Verše a holky, takové to náramné opojení životem, viď? Dohromady chlast a poezie, svinstvo a velikášství, revolta proti já nevím čemu a ožralý pocit, že v nás kypí něco bůhvíjak ohromného a odpoutaného. Jen si vzpomeň.

Já vím.

A to je ta příčina. V tom to vězí, abys věděl.

Počkej, cože v tom vězí?

To je jasné, ne? Tys přece cítil, že tvé verse nestojí za nic a že něčím takovým nemůžeš vyniknout. Že na to nemáš ani dost nadání, ani dost osobnosti. Že se nevyrovnáš těm druhým kumpánům v pití, v cynismu, v holkách a v ničem. Oni byli ti silnější a smělejší, a ty, ty ses pokoušel je napodobit; já vím, co tě to stálo, ty strašpytle. Snažil ses, jen co je pravda, ale to bylo jenom z jakési ctižádosti: koukejte, i já jsem prokletý básník se vším všudy, co k tomu náleží. A přitom byl v tobě pořád takový střízlivý, malodušný a varovný hlásek: pozor, nestačíš. To už se v tobě svíjelo tvé ješitné sebevědomíčko, to

68

už byla zklamána tvá snaživost někým být. To byla porážka, člověče. Pak už ti nezbylo než koukat, jak by ses z toho zachránil; nu, chválabohu, našlo se místečko u železnic, a vystřízlivělý poeta byl tuze rád, že se může obrátit zády k své krátké sice, ale dostatečně prohrané bohémské minulosti.

To není pravda! Dostat se k železnicím, to byla má vnitřní nutnost.

Ale ano. Ta porážka byla také vnitřní nutnost, a ten útěk byl také vnitřní nutnost. A jak si ten bývalý poeta liboval, že se konečně stal celým a zralým mužem! Jak povýšeně a útrpně se najednou dívá na své včerejší kumpány, na ty nezralé flákače, kteří ještě nevědí, co je pravý a vážný život! Už ani mezi ně nejde a zapadá do strejcovských hospůdek, kde si počestní tatíci vykládají své starosti a rozumy. Najednou se hledí připodobnit těm malým, rozšafným lidem; to se ví, dělá ctnost ze svého ústupu; už žádné velikášství, jenom tak trochu se vypínat svou hořkou, jízlivou rezignací; to si ještě vylévá žáhu, ale časem přejde i to. Od té doby se nepodíval ani na jediný verš; pohrdá jimi a skoro je nenávidí, neboť je považuje za něco nedůstojného zralých, praktických a reálných mužů.

Nenávidí, to je trochu silné slovo.

Tedy řekněme: cítí k nim odpor. Připomínají mu totiž jeho porážku.

A tady jsi u konce. Dál už byl ten pravý, skromný a důkladný život, ten obyčejný a dobrý život.

Až na tu poslední stanici na světě.

To byla rekonvalescence, to souviselo s plícemi. Nech být, člověk nedozrává tak rychle. Ale tam a potom na nádraží starého pána, to už jsem vjel na tu pravou kolej života.

Poslechni, proč sis vlastně namluvil přednostovu dceru?

Protože jsem ji miloval.

Já vím; ale já (já jsem ten druhý, víš?) – já jsem si ji namluvil proto, že byla přednostovou dcerou. Ono se tomu říká kariéra per vaginam, že? Vzít si bohatou nebo vzít si dceru nadřízeného, to známe; "ucházet se tak trochu o princeznu", což? Člověk tím jaksi zvyšuje svou vlastní hodnotu.

To je lež! na to jsem nepomyslel ani ve snu!

Ale já ano, a dokonce náramně bděle. Starý pán je oblíbený a může zeťovi pomáhat; nebude špatné přiženit se mu do rodiny.

To není pravda! Ty nevíš, člověče, jak jsem ji měl rád; byla to dokonalá žena, hodná, rozumná a milující; se žádnou jinou bych nemohl být šťastnější.

Ale ano; rozumná žena, která měla veliký zájem o postup svého manžela, – opravdu, veliký zájem; ohromně chápala jeho ctižádost a snaživost, to se jí musí nechat. A pomáhala, kde to šlo. Tys to tak pěkně, nevinně napsal o svém prvním stupínku nahoru: "snad se za to přimluvil starý pán." A podruhé zase tak: "snad i tchán trochu pomohl, to dobře nevím." Ale já to vím docela dobře, holenku; starý pán věděl, co se od něho čeká.

Budiž; byl to veliký dobrák a měl mě rád jako vlastního syna; ale mezi mnou a ženou nebylo nic takového; jen láska, jen důvěra, jen takový silný a dobrý cit věrnosti. Ne, mé manželství nechej!

Copak o to, bylo to dobré manželství; teď byli na to dva, na to úsilí vydrápat se o něco výš. Jen se člověk oženil, a už v sobě našel "nebývalou zálibu ve vlastnictví"; je hrozně rád, že na to má tu pravou a slušnou záminku: "je to pro nás", že? A hned mu "narůstají lokty v úřadě"; dere se nahoru ze vší síly, jedny hledí stůj co stůj předstihnout a těm druhým, těm nahoře, se horlivě zavděčit, – proč ne, to všechno se děje "pro nás" a je to hluboce v pořádku. Proto se cítí tak šťastným: že může sledovat své přirozené sklony, aniž se za ně musí nějak hanbit. Manželství je dobrá instituce.

Byla má žena – – také taková?

– – Byla to dobrá manželka.

Nakonec řekneš, že jsem to své nádraží, to své umělecké dílo, tak vzorně vypiplal také – proč vlastně? Pro kariéru? Abych byl nahoře dobře zapsán? Nebýt války, byl bych tam zůstal asi až do smrti.

To bylo zčásti pro to panstvo.

Pro jaké panstvo?

Pro ta hrabata v zelených kloboučcích. Vytáhnout se před nimi a ukázat, co jsme zač. Málo-li se pan přednosta načekal a našilhal, kdy si panstvo všimne, jaké to je vzorné nádraží! A vida, všimli si; dokonce ráčil podat ruku kníže ten a ten, hrabě ten a onen. Ono to, víme, jaksi hřálo, i když se pan přednosta sám před sebou tvářil, že mu na tom čerta záleží. Tak vida, hrabata a bůhví kdo ještě; to už je přece jenom ten vyšší svět, to u nás doma ani nebylo. A tohle, prosím, není žádná protekce; svou vlastní prací a zásluhou se pan přednosta dostal tak vysoko. Teď mu je jeho dílo víc než jeho žena, ta už mu nemůže pomáhat, už jí není zapotřebí; také jí to dal cítit, a proto to doma začalo vychládat.

To není pravda!

Jakpak ne; vždyť je to tam napřed psáno, jen si to přečti. "Mám pocit něčeho hluboce svého, krásný a silný pocit vlastního já... Žena cítí, že jí unikám... Marná sláva, něco z toho našeho je obětováno tomu, co je jenom mé." A tak dále. "Leží to mezi námi jako mezera." To už jde muž za svým, už se odpoutal; je mu leda nepříjemné, že se žena pokouší mít ho ještě pro sebe. Naštěstí je to rozumná paní; nedělá žádné scény a odpláče si to suchýma očima; načež "si zvykne a smíří se s tím", to jest podřídí se a počne sloužit svému muži.

To ona sama chtěla!

Já vím; ale co jiného jí zbývalo? Buď by se musili rozejít, či nenávidět se, člověče, jako se dovedou nenávidět manželé, potlačeně a zuřivě; nebo ona přijme jeho pravidla hry a přistoupí na to, aby on byl pánem a všecko aby se točilo kolem něho. Když už ho nepoutá nic společného, hledí ho držet tím, co je jeho: jeho pohodlím, jeho zvyky a potřebami. Teď je jenom on, nic jiného než on; domov, řád života i láska manželská slouží jenom jeho pohodlí a velikosti; je pánem stanice i rodiny, – pravda, je to maličký a uzavřený svět, ale je to jeho a koří se mu. Tehdy to byla vlastně nejšťastnější doba jeho života; proto, když bude jednou vzpomínat na svou nebožku ženu, bude to právě na tuto dobu, která tak "silně a dobře" ukájela jeho sebecit.

A to, co bylo potom –

Za války?

Ano. To jsem také dělal ze ctižádosti?

Těžko říci. Možné to je; ono se mohlo počítat s tím, že to císař pán prohraje, ale bylo v tom tuze mnoho rizika. Mně to nepasuje do našeho případu. Do tvé historie to ovšem taky nepasuje.

Proč ne?

Koukej, ten idylický pan přednosta není taky žádný hrdina; není to v jeho linii. Ale já ti povím, proč musela být napsána ta tvá historie. Právě pro tu válečnou epizodu. Třeba to bude někdo číst a shledá, hle, tady byl jeden přednosta stanice, který jednal tak a tak. Dokonce nasazoval život za svůj národ, takový skromný hrdina. Jen drobátko, jen tak na půl huby a nenápadně připomenout svou zásluhu, – proto se přece píší memoáry, ne?

Lžeš! lžeš! já jsem psal paměti obyčejného života!

A to hrdinství –?

To je právě také obyčejný život.

Dobře řečeno. Škoda, že to není poslední slovo. To už nebyl, holenku, žádný hrdina, kdo seděl potom nahoře v tom úřadě. Tam jsem seděl já, kamaráde. Tam sedělo takové snaživé, ješitné a služebné já, které to chtělo někam přivést. Takové malé já, které se snažilo být větší.

Nech to být, i tam to byl dobrý a svědomitý pracovník.

Hlouposti. Dělal všechno možné, jen aby byl vážen a vydrápal se ještě o kousek výš. Po celý život myslel jenom na sebe, na nic jiného než na sebe. Co jsem se proto poctivě nadřel, Kriste Ježíši! vzorný žák a vzorný úředník, – co jsem se toho napolykal! Vždyť mě to stálo celý život, všecko jsem tomu obětoval; a nakonec člověk vidí takové chytráky, kteří to dotáhli ještě výš, – proč? jen proto, že byli silnější a smělejší! Ani nemuseli prošoupat kalhoty ve službě, dřít se nemuseli, a vidíš, kam to přivedli; člověk aby uctivě vstával, když přijdou do úřadu! Nač to tedy bylo, že mě už na obecné škole dávali za příklad druhým, a potom zas, a mé nádraží si ukazovali, nač to? Svět je pro ty silnější a smělejší, a já jsem to prohrál. Abys věděl, to bylo to celé dovršení obyčejného života: že jsem se mohl podívat na svou porážku. Na to se člověk musí dostat trochu nahoru, aby ji viděl.

A teď se za to mstíš.

Ano, teď se za to mstím; teď vidím, že to bylo marné, a tudíž také malé, ubohé a ponižující. Copak ty, ty jsi jinačí, tobě je hej; ty si dovedeš hrát s kytičkami, se zahrádkou, se svou ohradou z třísek; ty dovedeš pro samou hru zapomenout sám na sebe, ale já ne, já ne. Já jsem ten, který byl poražen, a toto je můj obyčejný život. Ano, mstím se; a nemám proč? copak jsem neodešel skoro s hanbou? Kriste, vždyť mne vyšetřovali! Já jsem přece věděl, že tam jsou děsné nepořádky – v dodávkách a tak; ale to dělali ti druzí, ti kurážnější – Já to věděl, ale mlčel jsem; mám vás v ruce, holenkové, a až bude potřeba, vyjdou to najevo věci! Zatím to prasklo a vyšetřovali mne, mne prosím: vzorného a bezúhonného úředníka! To se rozumí, museli uznat – ale do penze jsem šel. Porážka, člověče; a pak se nemám mstít! Proto přece píšu tyhle paměti –

Jen proto?

Ano. Aby bylo řečeno, že jsem byl bez viny. Mělo to být dokázáno podrobně, a ne pořád: obyčejný život, idyla a takové hlouposti. Tohle je to jediné, oč šlo: ta hrozná a nespravedlivá porážka. To nebyl šťastný život, to byla hrůza, copak nevidíš, že to byla hrůza?

XXII.

Takto bych nemohl dál, musím s tím přestat; jde to příliš na nervy nebo co, – když se ty dva hlasy hádají, začne se ve mně třepetat srdce, a potom cítím takovou uléhavou, skličující bolest tady v prsou. Byl tu doktor, měřil mi krevní tlak a mračil se. "Co to děláte," zlobil se, "krevní tlak nám stoupá. Musíte zachovávat klid, naprostý klid." Zkusil jsem nechat psaní a jen tak ležet; ale to mi zase vyskakují v hlavě jako úryvky dialogu, zas se to hašteří o nějakou hloupost, a já musím znovu domlouvat sám sobě: Ticho, vy tam, a nehádejte se; to i to je pravda, bylo to tak; ale copak není v člověku, copak není i v tom nejobyčejnějším životě dost místa pro různé pohnutky? Vždyť je to docela jednoduché: člověk může myslit sobecky a zarytě na svůj vlastní prospěch; za chvíli na to zapomene, zapomene na sebe sama a není pro něho nic než práce, kterou dělá.

Počkat, tak jednoduché to není: to jsou přece dva naprosto různé životy. O to jde, o to jde!

Oč totiž?

O to, který z nich je ten pravý.

Tak dost s tím, nedělá mi to dobře. Jsem zvyklý dávat na sebe pozor; od té doby, kdy na mne tehdy na nádraží přišlo to chrlení krve, říkám si, pozor. Skoro po celý život jsem se díval do kapesníku, není-li v mých chrchlech nitečka krve; začal jsem s tím na té poslední stanici světa a pak to ve mně utkvělo, ta ustavičná starost o mé zdraví, jako by to byl ten nejdůležitější zákon života.

Ten nejdůležitější zákon života; a což, byl-li jím opravdu? Když se dívám zpátky na svůj celý život, – to vlastně byl ten nejhlubší otřes, když ze mne tehdy na nádraží vyhrkla červená krev, a já pak seděl zničený, bylo mi nesmírně slabo a bídně, a poděšený oficiál mi utíral čelo namočeným ručníkem. Bylo to strašné. Ano, to byla nejsilnější a nejvíc překvapující zkušenost mého života: ten hrozný podiv a úděs, a potom ta zoufalá touha žít, i kdyby to byl sebe nepatrnější a pokornější život; poprvé to byla vědomá, přesilná láska k životu. Tehdy se vlastně změnil můj celý život, i já jsem se stal jakoby jiným člověkem. Do té doby jsem své dny jen tak utrácel nebo téměř nepozorovaně odžíval; teď jsem si najednou nesmírně vážil toho, že žiju, a počal jsem se docela jinak dívat na sebe a na všechno kolem. Stačilo mi třeba sedět na fošnách a nazírat na rezavou kolej, zarostlou pastuší tobolkou a metlicí; nebo po celé hodiny pozorovat vlnu v říčce, jak je pořád nová a pořád táž. A přitom si stokrát denně opakovat: zhluboka dýchej, je to zdravé. Tehdy jsem počal mít rád všechny ty malé, pravidelné věci a tichý chod života; ještě jsem trochu šarapatil bohémským cynismem a uškleboval jsem se ledačemus, ale to jsem si ještě nebyl jist, že budu žít; to byl ještě pořád mrazivý a divoký kousek zoufalství. Jal jsem se tiše a spokojeně lnout k životu, těšit se z milých, důvěrných věcí a dávat pozor na sebe. Tím se vlastně začala idyličnost mého života: rekonvalescencí. To byla ta důležitá a rozhodující výhybka.

Vlastně ani ne výhybka. Teď to vidím lépe, teď to vidím docela jasně. To bych musel zase začít se svým dětstvím: s maminkou, která co chvíli vybíhala na zápraží, zda se mi nic nestalo; s panem Martinkem, ke kterému jsem se nesměl moc přibližovat, protože prý má souchotiny, a kterého jsem se proto bál. Maminka byla posedlá úzkostlivou představou, že jsem ohrožen, že jsem slabé a neduživé dítě; byla, chudák, taková patetická a vášnivá; když jsem zastonal, tiskla mě k sobě, jako by mě chtěla chránit, v noci se nade mnou vyděšeně skláněla, padala na kolena a nahlas se modlila za mé zdraví. Stonat, to byla věc důležitá a slavná; všechno se točilo kolem kloučka, i pily a kladiva na dvoře zněly nějak tlumeně, i tatínek směl bručet jen polohlasem. Samou láskou ve mně vychovala domnění, že jsem něco křehoučkého, křehčího než jiné děti, něco, co se musí zvlášť chránit; proto jsem si netroufal na žádné siláctví kluků, myslil jsem, že nesmím tak divoce běhat, nesmím skákat do řeky, nesmím se prát, protože jsem slabý a choulostivý. Byl bych se tím i vypínal, připadal jsem si jaksi vzácnější a jemnější než oni, ale na to jsou kluci příliš muži; jim se líbí být silný a statečný. To tedy byla maminka; to maminka ve mně vypěstila ten stav životní nesmělosti a nedůvěry v sebe, ten fyzický pocit méněcennosti, se kterým jsem rostl; to maminčina chorobná láska ve mně připravila náklonnost vidět sám v sobě předmět věčného ošetřování a hýčkání, náklonnost, do které jsem se uvelebil skoro s libostí, když mi k tomu dalo příležitost první ťuknutí skutečné nemoci. Tehdy, ano, tehdy jsem v sobě našel to starostlivé, hypochondrické já, které se s vážnou pozorností dívá na své chrchle, měří svůj tep, miluje bezpečný pořádek života a lne k dobré, pohodlné pohodě věcí. Tohle tedy byl – neřeknu můj celý život, ale veliká, důležitá a stálá součást mého života. Teď to vidím.

Tatínek, to bylo něco jiného; tatínek byl silný a pevný jako pilíř a nesmírně mi tím imponoval. Kdyby chtěl, přepral by každého na světě. Tenkrát jsem ovšem dobře nechápal jeho úzkostlivou spořivost, – byla to vlastně skoro lakota; poprvé jsem si to uvědomil, když pan Martinek, který byl jenom dělník, dal té holčičce šesták, ale tatínek ne, tatínek dělal, jako by to neviděl; tehdy kloučkem otřáslo něco divného a hrozného jako opovržení. Dnes vidím, že nebyl, chudák, tak silný, že se vlastně bál života; šetřit je ctnost defenzívní; je to touha po životě zajištěném, je to strach z věcí příštích, z rizika a náhod; lakota se ukrutně podobá jakési hypochondrii. Jen študuj, hochu, říkal dojatě a slavnostně, půjdeš do úřadu a budeš to mít jisté. To je asi tak vrchol toho, co lze od života žádat: jistota a bezpečnost, důvěra, že se nám nemůže nic stát. Když tohle cítil tatínek, který byl velký a mohutný jako strom, kde by se vzala kuráž v chabém a zhýčkaném synáčkovi? Vidím, že to bylo ve mne důkladně nachystáno už z dětství; stačil první fyzický otřes, a člověk, strachem zalezlý do sebe, našel v sobě tu obrannou úzkost o život a udělal z ní svůj životní řád.

Bůhví, muselo to ve mně vězet hlouběji, než jsem sám věděl; vždyť mě to v životě vedlo skoro jako instinkt, tak slepě a tak najisto. Myslím teď na svou nebožku paní: jak je to zvláštní, že jsem našel právě ji, ženu, která se bezmála narodila k tomu, aby někoho ošetřovala. Snad to v ní dělalo to, že byla velmi sentimentální a přitom velmi rozumná; pečovat o někoho, to je taková rozumová, střízlivá a praktická forma lásky. Vždyť se do mne horoucně zamilovala v tu chvíli, kdy zjistila, že přicházím z prahu smrti a že moje zajímavá bledost má své hlubší příčiny; tehdy to v ní propuklo najednou jako samaritství, láska i mateřství, nastalo překotné zrání citů; bylo to všecko dohromady: uděšená holčička, ženský soucit i horlivost mámy, milostné blouznění i náramně věcná, naléhavá starost, abych hodně jedl a přibýval na váze. Bylo stejně důležité a krásné mluvit o lásce jako tloustnout; tiskla mi křečovitě ruku ve stínu noci a šeptala s očima plnýma slz: Prosím vás, prosím vás, musíte strašně mnoho jíst; přísahejte mně, že budete na sebe dávat pozor! – Nemohu se nad tím usmát ani dnes; mělo to svou sladkou a dokonce patetickou poezii... pro nás oba. Měl jsem pocit, že se uzdravuju jenom pro ni, pro její radost, a že to je ode mne krásné a velkodušné; zápasím o své zdraví jen proto, abych ji udělal šťastnou. A ona věří, že mě zachraňuje a vrací mi život; nejsem-li tedy její právem i osudem? Bože, já vím: byla to jistě jen náhoda, že jsem byl přidělen právě na to nádraží; ale je podivné a jaksi úžasné, jak se tím nutně a hluboce naplňoval pořádek mého života. Do té doby jsem musel tajit svou hypochondrickou úzkost a stydět se za ni jako za slabost; teď už ne, teď to byla společná a ukrutně důležitá záležitost dvou lidí, teď to náleželo k naší lásce a důvěrnosti; už to nebylo cosi jako nedostatek nebo porucha, nýbrž něco kladného a závažného, co dává životu smysl a řád.

Myslím na naše manželství, jak se to v něm tiše a samozřejmě našlo. Má žena od první chvíle vzala na sebe tu úzkost o mé zdraví, jako by řekla: to není tvá mužská věc, to je ženská starost; ty na to nemusíš myslit a nech to na mně. Ano, bylo to tak; mohl jsem se sám před sebou tvářit, já nic, to ona; ona je taková starostlivá a hygienická, nu, nechme ji, když ji to těší; a přitom si tiše lebedit a hovět v tom pocitu bezpečí, že je o nás postaráno a že se toho tolik dělá pro naše zdraví. Když na mne čekala s ručníkem, než se vydrhnu, aby mě poplácala po mokrých zádech, – ono to, víme, vypadalo tak příjemně manželsky, ale byla to každodenní zdravotní prohlídka; nikdy jsme si to neřekli, ale věděli jsme to oba, a vždycky jsem po ní zašilhal, tak co? Usmála se a pokývla hlavou, dobré je to. A ta její umírněná, zdrženlivá láska, to bylo také to: kladla mně určité meze, abych si je nemusil ukládat sám ze strachu o sebe. Nebýt tak divoký, řekla skoro mateřsky, a pěkně spát; žádné kruhy pod očima a takové věci. Zlobíval jsem se někdy, ale v hloubi duše jsem jí byl za to vděčný; uznával jsem, že je to tak pro mne lépe. Už jsem nemusil úzkostlivě pozorovat své tělesné stavy, to si vzala na starost sama; zato živila mou ctižádost, – i to je patrně zdravé a zvyšuje to zájem o život; zdá se, že mužský bez toho nemůže ani dýchat. Povídej mi, cos dělal po celý den; to se pak pracuje chutěji. Nebo si dělejme plány pro budoucnost; také optimismus je zdravý a náleží k dobré životosprávě. To všechno bylo napohled takové samozřejmé, manželské a důvěrné; teď to vidím jinak, teď není nikoho, kdo by ze mne sňal ten hrozný a bezmocný strach, neboj se, tady jsi doma, máš tu všechno, co potřebuješ, tady jsi chráněn a v bezpečí.

Pak na svém nádraží, to už jsem se nejspíš cítil zdráv jako tuřín; myslím, že proto jsem jí už tak nepotřeboval a v tom že byla ta trocha odcizení. Cítila to a hleděla mě udržet pro sebe; a proto tak starostlivě: Měl by ses víc šetřit, a tak. Teď by mně chtěla i děti dát, neboť je dobré být tátou; nu, děti nepřišly. Když nemohla jinak, tedy aspoň despoticky dbala o mé pohodlí a můj pořádek; udělala z toho přímo Veliký Zákon, abych dobře jedl, dlouho spal a měl všechno na svém místě. Život, který se stane zvykem, je jaksi bezpečný a pevně zakořeněný; pěstovat své zvyky, to taky je jakási forma péče o sebe. A zase to vzala na sebe ona: ona se stará o mé zvyky, a já to jenom shovívavě a dobromyslně přijímám; to já jen kvůli tobě, stvrouško, žes to tak pěkně nachystala. Zaplať pánbůh, člověk nemusí být sobcem, když někdo o něho tak dobře pečuje; má počestné a mužné vědomí, že nemyslí na své pohodlí, nýbrž jenom na své dílo. A pak na konci svých dnů řekne: žil jsem jen pro svou práci a měl jsem hodnou ženu; byl to obyčejný a dobrý život.

Tak to máme třetího, povídá ve mně ten svárlivý hlas.

Jakého třetího?

Inu, jeden byl ten obyčejný, šťastný člověk; druhý, to byl ten s lokty, co se chtěl vydrápat nahoru; a ten hypochondr, to už je třetí. Nech si sloužit, člověče, to jsou tři životy, a každý je jiný. Absolutně, diametrálně a zásadně jiný.

Nu vidíš, a dohromady to byl jeden všední a jednoduchý život.

Já nevím. Ten s lokty nebyl nikdy šťastný; ten hypochondr se nemohl tak úporně drápat nahoru; a šťastný člověk nemohl přece být hypochondrem, to dá rozum. Marná řeč, tady jsou tři figury.

A jenom jeden život.

To je to. Kdyby to byly tři samostatné životy, bylo by to jednodušší. Pak by každý z nich byl celý a pěkně souvislý, každý by měl svůj zákon a smysl – Ale takhle to máš, jako by se ty tři životy prostupovaly, chvíli ten a chvíli zase onen.

Ne, počkej, to ne! Když se něco prostupuje, to je jako horečka. Já to znám, já jsem míval noční horečky – Kriste, jak se mi všechno ve snách ohavně mátlo a prostupovalo! Ale to už přece dávno přešlo, už jsem se uzdravil; nemám přece horečku, že ne, že nemám horečku?

Aha, to zas je hypochondr. Člověče, ten to taky projel!

Co projel?

Všechno. Prosím tě, když má hypochondr umřít –

Ale tak přestaň!

XXIII.

Tři dny jsem nespal; stalo se něco, nad čím už třetí den kroutím hlavou. Nebyla to žádná veliká a slavná událost, – takové se v mém životě nedějí; spíš bezmála trapný případ, ve kterém jsem, myslím, dělal figuru trochu směšnou. Onehdy odpoledne mi hlásila hospodyně, že prý chce se mnou mluvit nějaký mladý pán. Zlobil jsem se: co já s ním, mohla jste mu říci, že nejsem doma, nebo tak něco; nu, teď ho sem pusťte.

Byl to mládenec toho druhu, který mi vždycky býval protivný; zbytečně veliký, sebejistý a vlasatý, zkrátka taková nádhera; hodil hřívou nazad a zatroubil nějaké jméno, které jsem ovšem ihned zapomněl. Styděl jsem se, že jsem neoholen a bez límce a že tu sedím v papučích a odřeném županu, svrasklý jako měchuřina; i zeptal jsem se ho pokud možno nevlídně, co si ráčí přát.

Spustil trochu překotně, že právě dělá disertační práci. Téma je počátky básnických škol v létech devadesátých. To je ohromně zajímavá doba, ujistil mě poučně. (Měl veliké červené ruce a hnáty jako polena: vysloveně protivný.) Teď prý sbírá materiál, a proto si dovolil přijít –

Díval jsem se na něho s jakýmsi podezřením; člověčku, to sis nějak spletl nebo co; co mně je po tvém materiálu?

A prý ve dvou revuích z té doby našel básně podepsané mým jménem. Jménem, které v literárních dějinách zapadlo, řekl vítězoslavně. To je můj objev, pane! – Sháněl se po tom zapomenutém autorovi; jeden pamětník, ten a ten, mu řekl, že pokud se pamatuje, stal se onen autor železničním úředníkem. Šel za tou stopou dál, nu, až zjistil na ministerstvu mou adresu. A najednou na mne vypálil rovnou: "Prosím vás, jste to vy?"

Nu tak, tady to máme! Měl jsem silnou touhu zvednout udiveně obočí a říci, to že je asi nějaký omyl, kdepak já a verše! Ale teď už nebudu lhát. Mávl jsem rukou a bručel jsem cosi, jako že to byla jen taková hloupost; toho jsem, pane, už dávno nechal.

Mládenec zazářil a pohodil vítězně hřívou. "To je skvělé," zatroubil. A nemohl bych prý mu říci, psal-li jsem ještě do jiných revuí? A kde jsem tiskl své básně v pozdějších letech?

Vrtěl jsem hlavou. Nic dál, pane, ani řádek. Bohužel nemohu sloužit, pane.

Dusil se nadšením, jezdil si prstem kolem límce, jako by se škrtil, a čelo se mu zalesklo potem. "To je báječné," křičel na mne. "To je jako Arthur Rimbaud! Poezie, která zaplane jako meteor! A nikdo na to nepřišel! Pane, to je objev, ohromný objev," povykoval a prohrábl si pačesy tou červenou prackou.

Měl jsem zlost, mám nerad hlučné a vůbec mladé lidi; není v nich jaksi pořádek ani míra. "Hlouposti, pane," řekl jsem suše. "To byly špatné verše, nestály za nic a je lépe, že o nich nikdo neví."

Usmál se na mne útrpně a skoro zvysoka, jako by mě odkazoval do mých mezí. "To zas ne, pane," ohradil se. "To je věc literární historie. Já bych tomu řekl český Rimbaud. Podle mne je to nejzajímavější básnický úkaz devadesátých let. Ne že by to mohlo založit nějakou školu," řekl a mhouřil znalecky oči. "Vývojově to znamenalo málo, nenechalo to žádný hlubší vliv. Ale jako osobní projev to je prostě úžasné, něco tak svého a intenzívního – Například ta báseň, jak začíná: Když v kokosových palmách drnčí bubínky –" Vykulil na mne uchvácené oči. "Jistě se pamatujete, jak je to dál."

Dotklo se mě to skoro trýznivě, jako nějaká nepříjemná vzpomínka. "Tak vidíte," bručel jsem. "Jakživ jsem neviděl kokosové palmy. Taková pitomost!"

Téměř se rozčilil. "To přece je jedno," koktal, "že jste žádné palmy neviděl! To máte naprosto nesprávný názor o poezii!"

"A jak mohou," povídám, "drnčet bubínky v nějakých palmách?"

Byl bezmála uražen mou nechápavostí. "To přece jsou kokosové ořechy," vyhrkl popuzeně jako ten, kdo je nucen vysvětlovat samozřejmosti. "To je, jak ty ořechy chřestí ve větru. Když v kokosových palmách drnčí bubínky. – slyšíte to? Nejdřív ta tři k, to jsou ty jednotlivé nárazy; potom se to rozplyne v hudbu – drnčí bubínky. A to tam jsou náhodou daleko krásnější verše." Umlkl rozmrzele a hodil nazad hřívou; vypadal, jako by v těch verších hájil svůj vlastní a nejdražší majetek; ale za chvilku mě zase vzal na milost, – mládí je velkodušné. "Ne, vážně," řekl, "jsou tam ohromné verše. Zvláštní, silné, ohromně nové věci – ovšem na tehdejší dobu," dodával s vědomou převahou. "Ani ne tak nové ve formě, ale ty obrazy, pane! Vy jste si totiž pohrával s klasickou formou," začal horlivě, "ale porušoval jste ji z nitra. Formálně bezvadné, ukázněné, pravidelné verše, ale uvnitř nabité strašnou fantazií." Zatínal červené pěsti, aby to nějak znázornil. "Vypadá to, jako byste se chtěl posmívat té ukázněné a přesné formě. Takový pravidelný verš, ale uvnitř to světélkuje – jako mršina nebo co. Nebo to řeřaví tak děsně, že člověk čeká, teď se to musí roztrhnout. Je to jako nebezpečná hra, ta spoutaná forma, a to peklo uvnitř – Vlastně je mezi tím konflikt, hrozné vnitřní napětí nebo jak bych to řekl, rozumíte? Ta fantazie by se chtěla rozletět, ale zatím se vtlačuje do něčeho tak pravidelného a sevřeného –

Proto to těm volům ušlo, že to je napohled takový klasický verš; ale kdyby si všimli, jak se tam tím vnitřním tlakem přesunují césury –" Najednou nebyl už tak sebejistý, potil se námahou a díval se na mne psíma očima. "Nevím, jestli jsem se přesně vyjádřil,... Mistře," koktal a začervenal se; ale já jsem se začervenal ještě víc, styděl jsem se nesmírně a mrkal jsem na něho, myslím, nějak vyděšeně.

"Ale to přece," breptal jsem zmaten, "ty verše byly špatné... proto jsem toho nechal, a vůbec –"

Zavrtěl hlavou. "To není tak," řekl a pořád se na mne tak upínal očima. "Vy... vy jste toho musel nechat. Kdybyste... tvořil dál, musel byste rozbít formu, roztříštit – Já to tak silně cítím," vyhrkl s úlevou, neboť mladým lidem je vždycky snazší mluvit o sobě. "To byl pro mne ohromný dojem, těch osm básní. Já jsem tehdy řekl své dívce... ostatně to je vedlejší," mumlal zmateně a vjel si oběma rukama do vlasů. "Já nejsem básník, ale... dovedu si to představit. Takové básně může napsat jenom mladý člověk... a jen jednou v životě. Kdyby psal dál, musel by se ten rozpor nějak vyrovnat – To je vlastně ten nejúžasnější básnický osud: jednou se tak strašně silně, z takové přemíry vyslovit, a konec. Já jsem si vás vlastně představoval docela jinak," vyhrkl neočekávaně.

Byl bych si bezmezně přál slyšet ještě něco o těch básních; kdyby ten trulant aspoň některou citoval! Ale styděl jsem se ptát se na to, a ze samých rozpaků jsem se začal hloupě a konvenčně vyptávat, odkud je mládenec a takové věci. Seděl jako uvařený, shledával patrně, že s ním mluvím jako se školákem. Nu, nu, mrač se; nebudu se tě přece ptát, co na těch básních bylo a kdesi cosi. Jako bys o tom nemohl začít sám; copak nenechávám dost dlouhé a dost trapné pauzy v hovoru?

Konečně s úlevou vstal, zase tak zbytečně veliký. "Tak já letím," oddychl si a hledal klobouk. Nu, leť si; já vím, mládí neumí přijít ani odejít. Venku na něho čekalo děvče, zavěsili se do sebe a rozběhli se k městu. Cože mají mladí vždycky tak naspěch? Ani jsem mu nemohl říci, aby někdy zase přišel;

takový splašenec, nevím ani, kdo je –
To bylo to celé.

XXIV.

To bylo to celé, a teď si můžeš ukroutit hlavu, je-li ti libo. Tak vida, básník; kdo by si to byl pomyslil? Že to řekl mládenec, to nic neznamená, čert aby vzal mládence; mládí nadsazuje a musí nadsazovat, sotva hubu otevře. Měl bys jít do Univerzitní knihovny a podívat se na to sám; ale doktor řekl klid, klid, nu tak seď doma a kruť hlavou. Marná sláva, nevzpomeneš si ani na jeden verš, co tam, to tam; kam se to tak mohlo propadnout! "Když v kokosových palmách drnčí bubínky" – z toho se nedá nic poznat; leda jen kroutit hlavou, – propána, člověče, kdes vzal ty palmy a co ti vůbec bylo po kokosových palmách? Kdopak ví, třeba v tom a právě v tom je poezie, že člověku zničehonic je něco po kokosových palmách nebo řekněme po královně Mab. Třeba to jsou špatné verše a mládenec je vůl; ale faktum je, že tady byly kokosové palmy a bůhví co ještě. "Strašná fantazie," říkal mládenec; tak to tam musila být spousta věcí, a jakých divných věcí: prý světélkujících a řeřavých. Na tom nezáleží, zda ty verše byly dobré nebo špatné; ale vědět, co v nich bylo, protože ty věci, to jsem byl já sám. Byl jednou jeden život, ve kterém byly kokosové palmy a podivné věci, světélkující a řeřavé. Tady to máš, člověče, a teď si s tím poraď; chtěls dát svůj život do pořádku, nu tak někam zastrč ty kokosové palmy, někam na dno zásuvky, kde by nepřekážely a kde bys na ně neviděl, viď?
Tak vidíš, tak vidíš; to už teď nepůjde. Už nemůžeš jen tak mávnout rukou, hlouposti, byly to špatné verše, a to jsem rád, že už o nich nevím. Nic platno, byly kokosové palmy drnčící jako bubínky, a bůhví co ještě. A kdybys mával oběma rukama a křičel, že ty verse nestály za nic, ty palmy nevyvrátíš a neodstraníš ze svého života věci světélkující a řeřavé. Ty víš, že byly, a mládenec nelhal; mládenec není vůl, i když ví houby, co je poezie. Já to věděl, tehdy jsem věděl

nesmírně dobře, co to je. Tlustý básník to také věděl, ale nedovedl to; proto se tak zoufale posmíval. Ale já jsem to věděl; a teď si, člověče, ukruť hlavu, kde se to v tobě vzalo! Nikdo tomu nerozuměl, ani tlustý básník ne; četl mé básně prasečíma očkama a křičel, ty svině zatracená, kdes tohle vzal? A pak se šel ožrat na oslavu poezie a plakal: koukejte se na toho blba, to je básník! Takový tichošlápek, a co dovede napsat! Jednou se rozzuřil a šel na mne s kuchyňským nožem: teď mně řekneš, jak se to dělá! – Jak by se to dělalo! poezie se nedělá, poezie prostě jest; je tak jednoduše a samozřejmě, jako když je noc nebo jako když je den. To není žádná inspirace, to je jenom taková rozsáhlá jsoucnost. Věci prostě jsou. Je, nač si vzpomeneš, třeba kokosové palmy nebo anděl mávající křídly; a ty, ty jenom nazýváš jmény to, co jest, jako Adam v ráji. Je to hrozně jednoduché, jenomže toho je tak mnoho: Jsou nesčíslné věci, je jejich rub i líc, je bezpočtu životů; v tom je ta celá poezie, že to všecko jest, a ten, kdo to ví, je básník. Vida ho, jako by čaroval, neřád: vzpomene si na kokosové palmy, a tady jsou, vlají ve větru a chřestí hnědými ořechy; ale ono to je stejně samozřejmé jako dívat se na hořící lampu. Jaképak čáry: bere, co je, a pohrává si s věcmi světélkujícími a řeřavými z toho božsky prostého důvodu, že tady jsou; jsou v něm nebo někde mimo, to je jedno. To tedy je naprosto jednoduché a samozřejmé, ale jenom za jedné podmínky: že se nacházíš v tom zvláštním světě, který se nazývá poezie. Jakmile jsi z něho venku, najednou to všecko zmizí a čert to vzal; není kokosových palem, není věcí rozžhavených a světélkujících. "Když v kokosových palmách drnčí bubínky," – bože, co s tím? taková pitomost! nikdy nebylo žádných palem ani bubínků, a nebylo nic řeřavého. A mávnout nad tím rukou. Kristepane, jaké nesmysly!

Vidíš, to je to: teď je ti líto, že to vzal čert. Ani už nevíš, co tam bylo krom těch kokosových palem; a nikdy se nedomyslíš, co tam ještě mohlo být a co jsi ještě sám v sobě mohl uzřít věcí, kterých už neuvidíš. Tehdy jsi je viděl, protože jsi byl básník; i viděl jsi věci divné a strašné, mršinu v rozkladu a výheň žířivou, a bůhví, bůhví, co všechno jsi ještě mohl uzřít, třeba věřícího anděla nebo hořící keř, jenž mluví hlasem. Tehdy to bylo možno, protože jsi byl básník a viděl jsi, co je v tobě, a mohl jsi to nazývat jmény. Tehdy jsi viděl věci, které jsou; teď je s tím konec, už není palem a neslyšíš chřestit ořechy kokosové. Kdoví, člověče, kdoví, co by se i dnes v tobě mohlo najít, kdybys ještě chvíli mohl být básníkem. Hrozné věci nebo andělské, člověče, věci od pánaboha, nesčíslné a nevýslovné věci, o kterých nemáš potuchy; co věcí, co životů a vztahů by se v tobě vynořilo, kdyby na tebe ještě jednou přišlo hrozné požehnání poezie! Marná věc, už nic z toho nepoznáš; zapadlo to v tobě, a konec. Vědět jenom proč; vědět, proč jsi tehdy jaksi střemhlav utekl od toho všeho, co bylo v tobě; čeho jsi se tak poděsil? Snad toho bylo příliš mnoho, nebo to bylo příliš řeřavé a začalo ti to pálit prsty; nebo to světélkovalo příliš podezřele, nebo kdoví, třeba začal přihořívat ohnivý keř, a ty ses bál hlasu, který by promluvil. Bylo v tobě něco, čeho jsi se zhrozil; i vzal jsi nohy na ramena a nezastavil ses až – kde vlastně? Na poslední stanici světa? Ne, tam to ještě trochu světélkovalo. Teprve na svém nádraží, kde ses ukryl v bezpečném pořádku věcí. Tady už to nebylo, chválabohu, tadys už měl pokoj. Bál ses toho jako... řekněme, jako smrti; a kdoví, třeba to byla smrt, třebas cítil, pozor, ještě pár kroků dál po téhle cestě, a zblázním se, zničím se, umru. Prchej, člověče, z toho ohně, který tě stravuje. Nejvyšší čas: za pár měsíců z tebe vyhrkla červená a měls co dělat, aby se to nakřáplé zacelilo. A pak už se pevně držet toho hodného, solidního, pravidelného života, který člověka nestravuje. Už si vybírat jen to, co je potřebné pro život, a nevidět, co všechno je; neboť mezi tím je také smrt, byla v tobě mezi těmi strašnými a nebezpečnými věcmi, kterým jsi dával jména. Tak, teď je to zaklopeno víkem a už to nemůže ven, ať se to jmenuje život, nebo smrt. Je to zaklopeno, je to pryč a není to; jen co je pravda, zbavil ses toho náležitě a právem jsi nad tím mávl rukou: hlouposti, jaképak palmy; to ani není důstojno zralého a činného muže.

A teď tady kroutíš hlavou, tak vida, kdo by to byl řekl: třeba ty verše nebyly tak špatné a nebyla to vůbec taková hloupost. Snad bys z toho mohl mít i radost a trochu se nadouvat, tak vida, i verše jsem psal a nebyly nejhorší. Ale ty, takový smutek. Dokonce ani ten svárlivý hlas se neozývá, nejde mu to asi do krámu; měl teorii, že to byla porážka a žes toho nechal, jelikož jsi na to neměl, víme, ani to nadání, ani tu osobnost. Vidíš, teď to vypadá docela jinak, spíš jako útěk před sebou samým, jako hrůza, abys nepropadl tomu, co bylo v tobě. Zazdít to jako hořící šachtu, ať se to, potvora, udusí samo. Třeba to už zhaslo, kdopak ví; teď už si prsty nepřipálíš, teď už si ruce neohřeješ. Abys neviděl sebe sama, počal jsi se zabývat věcmi a udělals z nich své povolání a svůj život; dobře se ti to povedlo, unikl jsi sám sobě a stal jsi se řádným člověkem, jenž svědomitě a spokojeně prožil svůj obyčejný život. Co chceš, dobré to bylo; nač tedy, prosím tě, ta lítost?

XXV.

Ne, tak docela se to přece jen nepovedlo. Nechme básníka, básníka vzal čert; ale bylo tu ještě něco neviňoučkého a neškodného, čeho jsem se nikdy nezbavil a patrně ani nechtěl zbavit. Bylo to tu dávno před básníkem, vlastně už od dětství, bylo to už v té ohradě z třísek; nic zvláštního, jenom takové snění, taková romantičnost, okouzlení fikcemi nebo jak tomu říci. Copak, u dítěte je to docela přirozené; divnější je, že je to stejně přirozené u dospělého a vážného muže. Dítě má své fazulky, ve kterých vidí poklady, slepičky a všecko, co ráčí; věří, že tatínek je hrdina a že v řece je něco divokého a hrozného, čeho je radno se bát. Ale koukejte na pana přednostu; kráčí energickými, trochu nedbalými kroky po peróně a dívá se vpravo a vlevo, jako by dával na všechno pozor; zatím myslí, co by bylo, kdyby se do něho na první pohled vášnivě zamilovala princezna, ta v lodenových šatech, co přijela na hony. Pan přednosta má sice hodnou ženu, kterou má upřímně rád, ale to mu v tuto chvíli nevadí;

toho okamžiku je mu příjemnější rozmlouvat s princeznou, zachovávat nejuctivější rezervu a přitom tak trochu sám trpět mukami její lásky. Nebo kdyby se srazily dva rychlíky: co by dělal, jak by zakročil, jak by ovládl jasnými, velitelskými rozkazy ten zmatek a tu hrůzu. Sem, rychle sem, tady je v troskách žena! A sám v čele všech páčit stěny vagónu, kupodivu, kde se v něm bere ta obrovská síla! Cizinka děkuje svému zachránci, chce mu líbat ruku, ale on, kdepak! to je jen má povinnost, madam, a už zase řídí záchranné práce jako kapitán na velitelském můstku. Nebo koná daleké cesty, je vojákem, najde u trati zmuchlaný lístek, na kterém je chvatně napsáno: Zachraňte mě – Člověk do toho sklouzne, ani neví jak; najednou je v tom, koná veliké činy a prožívá neobyčejná dobrodružství; teprve když se z toho musí probudit, tak jím to skoro trhne a rupne to nepříjemně, jako by odněkud spadl; cítí se ochablý a rozladěný a trochu se stydí.

A vida, nad těmihle pošetilostmi pan přednosta nemává rukou a nesnaží se ubránit se jim; nebere je sice vážně a například za nic na světě by se k nim nepřiznal své ženě, ale bezmála se na ně předem těší. Možno říci, že kromě té doby, kdy byl zamilován, si každý den vysní nějaký děj svého života; k některým se vrací se zvláštní zálibou, rozpřádá je do nových a nových podrobností a prožívá je jaksi na pokračování. Má celou řadu vedlejších a fiktivních životů, vesměs milostných, heroických a dobrodružných, ve kterých on sám je neměnně mladý, silný a rytířský; někdy umírá, ale vždycky ze statečnosti a obětavosti; vyznamenav se nějak, ustupuje do pozadí, sám koneckonců dojat nad svým nesobeckým a šlechetným jednáním. Přes tuto skromnost procitá nerad do toho druhého, skutečného života, ve kterém nemá čím se vyznamenat, ale také ne čeho se šlechetně a obětavě odříkat.

Nu ano, romantika; ale vždyť právě proto jsem měl železnice rád, že ve mně byl ten romantik; to bylo pro ten zvláštní, trochu exotický opar, který železnice mají, pro tu náladu dálky, pro to každodenní dobrodružství příjezdů a odjezdů. Ano, to bylo něco pro mne, to byl pravý rám pro mé nekonečné snění. Ten druhý, ten skutečný život, to byla víceméně jenom rutina a dobře běžící mechanismus; čím dokonaleji klapal, tím míň mě rušil v mých vysněných příbězích. Slyšíš to, ty svárlivý hlase? Proto, jen proto jsem si pořídil to vzorné, bezvadně fungující nádraží, abych za zvonění signálů a tikotu Morseových značek, mezi příjezdy a odjezdy lidí spřádal fikci svého života. Člověk se dívá, jak běží koleje, nějak ho fascinují, a samo od sebe se to v něm rozjede do dálky; a už se ubírá nekonečnou cestou dobrodružství pořád týchž a pořád jiných. Já vím, já vím: proto žena cítila, že jí unikám, že tam dole mezi kolejemi žiji nějaký svůj život, ve kterém pro ni není místa a který před ní tajím. Copak jsem jí mohl říkat o princeznách v lodenových šatech, o krásných cizinkách a takových věcech? Nu, nemohl; co dělat, má drahá, ty máš mé tělo, aby ses o ně starala, ale má mysl je jinde. Vzala sis přednostu stanice, ale romantika ne, romantika nemůžeš nikdy mít.

Já vím, ten romantik ve mně, to byla maminka. Maminka zpívala, maminka se někdy zadívala, maminka měla nějaký skrytý a neznámý život; a jak byla krásná tehdy, když podávala dragounovi pít, tak krásná, že mně kloučkovi se srdce svíralo. Říkali vždycky, že jsem po ní. Tehdy jsem chtěl být po tatínkovi, silný jako on, velký a spolehlivý jako tatínek. Asi jsem se nevydařil. To není po něm, ten básník, ten romantik a kdo ví co ještě.

XXVI.

Kdo ví, co ještě: vždyť ty dobře víš, co ještě, ne?

Ne, nic už nevím, hlase svárlivý. Nevím nic, co bych ještě přidal.

Protože nechceš vědět, viď?

Ne, nechci vědět; už je toho dost na tak obyčejný a jednoduchý život. Vždyť jsem ti nádavkem přidal romantika, ne? Tak se podívej, měla to být docela prostá historie, příběh obyčejného a šťastného člověka; a teď, koukej, kdo se nám tu všechno tlačí; obyčejný člověk, ten s lokty, hypochondr, romantik, bývalý básník a bůhví kdo ještě; je jich celý houf, a každý o sobě říká, že to jsem já. Copak to nestačí? V málo-li kusů jsem rozbil svůj život jenom tím, že jsem se na něj díval?

Počkej, tu a tam jsi něco vynechal.

Nevynechal!

Vynechal. Mám ti připomenout to nebo ono?

Ne, není třeba. To jsou nahodilosti, které nic neříkají. Nezapadají prostě do celku a nemají žádnou souvislost. To je to slovo: souvislost. Život člověka přece musí mít nějakou souvislost.

A proto se z něho musí ledacos vyhodit, že?

To je, jako když se vyhodí moucha ze sklenice vody. Copak jsem si mohl poručit, aby mi přinesli na tácu nový život? Něco do něho spadne, co tam nepatří; nu bože, tak se to vyndá, a je to.

Nebo se o tom aspoň nemluví.

Ano, nebo se o tom nemluví. Prosím tě, co vlastně chceš a kdo vlastně jsi?

To je jedno; já jsem vždycky ten druhý, ten, na koho máš zlost. Nevíš, kdy se to začalo?

Co kdy se začalo?

To, o čem se nemluví.

Nevím.

To musilo být někdy dávno, že?

– – Nevím.

Hrozně dávno. Divné, jaké zkušenosti někdy dělá dítě.

Ale přestaň!

Já nic. Já jsem si jenom vzpomněl na tu černou holčičku. Ona byla starší než ty, že? Pamatuješ se, jak seděla na bedničce a česala si vlasy; mačkala v hřebenu vši, s jazýčkem povyplazeným, lup, lup, jen to lupalo. Ty kluku, tys trochu cítil ošklivost a trochu – ne, to nebyla ošklivost; spíš touha mít také vši nebo co. Touha mít vši, není to divné? Jen to nech, člověče, bývají takové touhy.

Prosím tě, v dětství!

Já nemluvím o dětství. Jak jste se jednou dívali, co dělá za kantýnou partafír s tou machnou kantýnskou. Ty sis myslel, že ji škrtí, jak sebou tak zmítali; chtěls hrůzou křičet, ale holčička tě šťouchala do zad, a jak jí hořely oči, pamatuješ se? Krčili jste se za tím plotem bez dechu, a tobě div oči nevypadly. Taková to byla strašlivá bába, prsy se jí koulely po břiše a nadávala, kudy chodila; ale tehdy byla tiše, jenom supěla.

Tak dost!

Já nic. Já jen, jaks šel jednou v neděli navštívit holčičku. Bylo tam jako po vymření, všechno bylo v kantýně nebo chrápalo v kotcích. V baráku nikdo, jen to smrdělo jako psí bouda. Pak někdo šel, a ty ses tam schoval za bednu; potom vešla holčička a za ní mužský, a zavřel dveře na petlici.

To byl její tatínek!

Já vím. Pěkný tatínek, jen co je pravda. Zavřel dveře a byla tam tma; nic nebylo vidět, ale slyšet bylo, člověče, slyšet bylo, jak holčička úpí a mužský hlas konejší a okřikuje; tys nechápal, co to je, a cpal sis pěstičku do úst, abys nezačal pištět zoufalou hrůzou. Pak ten mužský vstal a odešel; tys ještě dlouho byl skrčen za tou bednou a srdce ti strašně bouchalo; paks šel potichu k té holčičce, ležela na hadrech a vzlykala. Bylo ti úzko, byl bys chtěl být veliký, mít vši a vědět, co to vůbec znamená. Za chvilku jste si hráli před barákem s kolíky na prádlo; ale byla to zkušenost, člověče, byla to taková zkušenost, – já nevím, jak ji můžeš vypustit ze svého života.

Ano. Ne. Nemohu.

Já vím, že nemůžeš. Však už potom vaše hry nebyly tak nevinné, jen si vzpomeň. A to ti nebylo ani osm let.

Ano, osm let.

A jí asi devět, ale zkažená byla jako čert. Nějaká cikánka nebo co. Holenku, taková zkušenost v dětství, to v člověku zůstane.

Ano, zůstane.

Jak ses potom díval na maminku – skoro zvědavě, je-li také taková. Taková jako ta kantýnská nebo to cikáně. A je-li tatínek také tak divný a odporný. Začals je pozorovat co a jak

– Poslyš, ono to mezi nimi nebylo nějak v pořádku.

Maminka byla – já nevím; nějaká nešťastná či co.

A tatínek byl slaboch, žalostný slaboch. Někdy se rozzuřil, ale jinak – to bylo hrozné, co si od maminky nechával líbit. Bůhví, čím musel být vinen, že se od ní nechával tak ponižovat a trýznit. Tebe ona měla ráda, ale jeho – člověče, ta ho nenáviděla! Někdy se začali hádat o nějakou hloupost – a tebe strčili za dveře, jdi a hrej si. A pak mluvila maminka, a pak tatínek běžel ven, rudý a rozlícený, práskl dveřmi a dal se do práce jako zatracenec, beze slova, jen funěl. A maminka doma plakala vítězně a zoufale, jako ten, kdo všecko rozbil, tak, teď je konec. A nebyl konec.

To bylo peklo!

To bylo peklo! Tatínek byl dobrák, ale byl něčím vinen. Maminka byla v právu, ale byla zlá. A klouček to věděl, to je hrozné, co všechno takové dítě pozná; neví jenom, proč to je. A tak se jen zaraženě dívá, že se děje něco divného a zlého, co ti velcí před ním ukrývají. Nejhorší to bylo asi v tu dobu, kdy klouček chodil s tím cikánětem; sedí se u stolu, tatínek nemluví a jí; najednou maminka dostane takové prudké a trhavé pohyby, bouchá talíři a povídá zadrhlým hlasem, jdi, hošo, jdi si hrát. A pak si to ti dva spolu vyřizují, bůhví pokolikáté a bůhví co těžkého a nenávistného; a klouček, opuštěný a bezradný, se slzami v očích putuje za řeku, kde je ta cikánská holčička. Budou si hrát v nečistém kotci, rozžhaveném sluncem a páchnoucím jako psí bouda; ze hry zavrou dveře na petlici, je černá tma a děti si hrají zatraceně divnou hru; už není tak tma, svítí to škvírou mezi prkny; aspoň že je vidět, jak těm dětem žhnou oči. V tu chvíli se tatínek dává doma do práce jako zatracenec a mamince tekou z očí vítězné a zoufalé slzy. A klouček cítí téměř úlevu, hečte, teď já mám také své tajemství, něco divného a zlého, co se ukrývá. Už ho tak nemučí, že ti velcí mají něco tajného, před čím ho vystrkují za dveře. Teď má sám něco tajného, co nevědí zas oni; teď si to s nimi vyrovnal a jaksi se jim pomstil. To bylo poprvé –

Co?

To bylo poprvé, kdy jsi okusil požitku ze zla. Pak už jsi za tou cikánkou chodil jako omámený; někdy tě bila a rvala ti vlasy, někdy tě kousala do uší jako psík, až tě rozkoší mrazilo v zádech; zkazila tě naskrz, kluka osmiletého, a od té doby to bylo v tobě –

Ano.

– – Jak dlouho?

– – Po celý život.

XXVII.

A co potom?

Potom nic. Potom jsem byl zakřiknutý, nesmělý žáček, který dřel s rukama na uších. To nebylo nic, to nebylo docela nic.

Někam jsi večer chodil.

Na most, na takový most přes nádraží.

Proč?

Protože tam chodila jedna ženská. Nevěstka. Byla stará a měla smrtí hlavu.

A ty ses jí bál.

Hrozně. Díval jsem se dolů pres zábradlí, a ona se o mne otřela sukní. Když jsem se obrátil – Když viděla, že jsem jenom chlapec, šla dál.

A protos tam chodil.

Ano. Protože jsem se jí bál. Protože jsem pořád čekal, že se mne dotkne těmi sukněmi.

Hm. To není mnoho.

Je. Vždyť říkám, že byla strašná!

A co bylo s tím tvým kamarádem?

Nic, to nebylo nic takového. Čestné slovo.

Já vím. Ale proč jsi mu bral víru v Pánaboha, když měl jít na kněze?

Protože – protože jsem ho chtěl od toho zachránit!

Zachránit! Jak se měl učit, když jsi mu vzal víru? Jeho matka ho zaslíbila Bohu, a tys mu dokazoval, že žádný není. Pěkné, že? Chudák z toho ztratil hlavu; pak se div, že ze sebe nemohl ve škole vykoktat slovo! Pomohl jsi kamarádovi, jen co je pravda; oběsil se ve svém šestnáctém roce –

Přestaň!

Prosím. A jak to bylo s tím krátkozrakým děvčetem?

Vždyť víš. To byl takový ideální cit, až hloupě čistý, až – nu, zrovna nadsmyslný či co.

Ale chodilo se tam uličkou, kde ve dveřích stály prodejné holky a šeptaly: Šel ke mně, mladý pane!

To je vedlejší! To s tím nemělo co dělat!

Jakpak ne. Vždyťs tam mohl chodit druhou stranou, ne? Bylo by to dokonce blíž; ale ty, ty ses loudal uličkou děvek se srdcem ukrutně tlukoucím –

Nu a co? Nikdy jsem k nim nešel.

Ne, to ses ovšem neodvážil. Ale to byl takový divný, zatracený požitek: ta ideální láska a ta laciná, špinavá neřest – Nést své andělské srdce alejí kurev, to bylo to. To byly ty světélkující a řeřavé věci, já vím. Jen to nech, vypadalo to v tobě prapodivně.

– – Ano, bylo to tak.

Tak vidíš. A potom jsme se stali básníkem, že? Ta kapitola má také něco, o čem se nemluví.

– – Ano.

Nevíš, co to bylo?

Co by bylo: holky byly. Ta sklepnice se zelenýma očima a to děvče, co mělo souchotiny, – jak se vždycky zlomila láskou a jektala zuby, to bylo hrozné.

Dál, dál!

A to děvče, bože, jak se jmenovalo, ta, co šla z ruky do ruky –

Dál!

Myslíš tu, co byla posedlá čertem?

Ne. Víš, co bylo divné? Ten tlustý básník, ten něco snesl; byl prase a cynik, jakých je málo; nevíš, proč se na tebe někdy díval s hrůzou?

To nebylo pro to, co jsem dělal!

Ne, to bylo pro to, co bylo v tobě. Pamatuješ se, jak se jednou třásl ošklivostí a řekl: Ty zvíře, kdybys nebyl takový básník, tak bych tě utopil v kanále!

To bylo – to jsem byl opilý a jenom jsem něco povídal.

Ano, něco, co bylo v tobě. To je to, člověče: že to nejhorší a nejzvrhlejší zůstalo v tobě. Muselo to být – – něco zatraceného, co už ani nemohlo ven. Kdoví, kdoví, kdybys byl tehdy neobrátil – Ale ty jsi se sám toho poděsil a "střemhlav jsi utekl od toho, co bylo v tobě". "Zaklopil jsi to v sobě víkem"; ale to nebyly kokosové palmy, holenku, to byly horší věci. Možná že i anděl s křídly, ale také peklo, člověče. Také peklo.

Ale to byl konec!

Nu ovšem, to byl jaksi konec. Pak už jsi jenom koukal jak se zachránit. Ještě štěstí, že přišlo to chrlení krve; ohromná příležitost začít nový život, viď? Přilnout k životu, prohlížet své chrchle a chytat pstruhy. Dívat se s mírným a umoudřelým zájmem, jak lesní mládenci hrají v kuželky, a přitom je trošičku otravovat tím náramně podezřelým, co bylo v tobě. Hlavně ten vesmír dělal dobře; před vesmírem se vypaří i všechno zlé, co je v člověku. Vesmír je dobrá instituce.

XXVIII.

A potom na tom nádraží u starého pána, když jsem se zamiloval – bylo to i tam ve mně, já myslím, to zlé?

A vidíš, vůbec ne. To je to divné. To byl docela šťastný a obyčejný život.

Ale ta láska k panence – mnoho-li chybělo, abych ji svedl?

To nic, to se stává.

Já vím, že jsem se k ní choval… celkem slušně; ale má žádost nebyla – nebyla – nu, nebyla docela v mezích –

Jdi, to už náleží k věci.

Bral jsem si ji proto, abych se vydrápal nahoru?

To zas je jiná historie. Tady jde o ty hlubší věci, víš? Například, proč jsi svou ženu tak nenáviděl?

Já? Copak jsem si ji nevzal z lásky?

Vzal.

A neměl jsem ji rád po celý život?

Měl. A přitoms ji nenáviděl. Jen si vzpomeň, kolikrát jsi ležel vedle ní, ona spala a ty sis myslel: Bože, takhle ji zardousit! Zmáčknout oběma rukama ten krk a svírat, svírat – Jenže co potom s mrtvolou, to je ta otázka.

Nesmysl! To vůbec nebylo – a kdyby! Copak může člověk za takové nápady? Třeba nemůže usnout a zlobí se, že ona tak klidně spí. Prosím tě, proč bych ji nenáviděl?

To je právě to. Třeba proto, že nebyla jako ta malá cikánka – nebo jako ta sklepnice, víš? ta močálovitá potvora se zelenýma očima. Že byla tak klidná a vyrovnaná. U ní bylo všechno tak rozumné a jednoduché – jako povinnost. Láska manželská je věc pořádku a hygieny, tak jako jíst nebo čistit si ústa. Dokonce něco jako obyčejná a vážná svátost. Taková čistá, slušná, domácí záležitost. A tys ji, člověče, v ty chvíle nenáviděl křečovitě a zběsile.

– – Ano.

Ano. V tobě přece byla touha mít vši a hrát si v páchnoucí boudě na bezednou a udýchanou hru. Aby to bylo nečisté a divoké a hrozné. Strašná touha po něčem, co by tě ničilo. Kdyby aspoň jektala zuby, kdyby tě rvala za vlasy, kdyby jí to temně a nepříčetně zahořelo v očích! Ale ona nic, jen zatne zuby do spodního rtu a vzdychne, a pak usne jako dřevo, jako člověk, který, chválabohu, splnil své povinnosti. A ty sám – jenom zíváš; žádná chuť něčeho zlého, něčeho, co by nemělo být. Bože, zmáčknout oběma rukama ten krk, – jestlipak by aspoň zachroptěla jako zvíře a vydala ze sebe nelidský skřek?

Kriste, jak já jsem ji někdy nenáviděl!

Tak vidíš. A to nebylo jen proto, člověče. To bylo proto, že ona byla vůbec taková spořádaná a rozšafná. Jako by se vdala jen za to, co bylo v tobě rozumné a úctyhodné, schopné úředního postupu a přístupné tomu, aby se o to vzorně a domácky pečovalo. Snad ani neměla ponětí, že je v tobě ještě něco jiného, – něco po čertech jiného, člověče! Ani nevěděla, že to pomáhá zatlačit do kouta – A to teď sebou trhalo jako na řetěze a tiše, nenávistně to skučelo. Zmáčknout oběma rukama ten krk, a takové věci. Jednoho dne se pustit po kolejích a jít, jít až někam, kde se trhá skála; po pás nahý, s kapesníkem na hlavě, a lámat krumpáčem kamení; spát v nečistém kotci, jenž páchne jako psí bouda; tlustá kantýnská, jíž se koulejí prsy po břiše, rajdy ve spodničkách, holčička zavšivená a kousající jako psík; zavřít se tam na petlici, nekřič, malá, hubu drž, nebo tě zabiju! A zatím tady tiše, pravidelně oddychuje vzorná manželka počestného a trochu hypochondrického pana přednosty; což takhle zmáčknout ten krk –

Přestaň s tím!

A nebyls jí nevěrný, nebyls na ni hrubý, nic; jenoms ji tajně a vytrvale nenáviděl. Pěkný rodinný život, co? Jenom jednou ses na ní trochu vymstil: když's dělal škodu císaři pánu. Já ti dám, ty Němkyně! – Ale jinak – vzorné manželství a všecko; to už je tak tvůj způsob: být zlý a zvrhlý potají; umět to ukrýt dokonce sám před sebou – a jenom se těšit z toho, že by to třebas mohlo být. Počkej, jak to bylo, když's byl tam nahoře v ministerstvu?

– – Nic nebylo.

Já vím, docela nic. Jenom si s hrůzou, ale docela příjemnou hrůzou říkat, pane na nebi, tady by se dala dělat korupce! To by byl mohly být milióny, člověče, milióny! Stačilo by jenom naznačit, že by se s námi dalo mluvit –

A udělal jsem to?

Chraň bůh. Bezúhonný úředník. Naprosto čisté svědomí po té stránce. To byla jen taková rozkošná představa, co by mohlo být a jak by se to dalo provádět. Docela podrobný a důmyslný plán: to by se musilo zaonačit tak a tak, a tak dále; když už, tak už. A pak to neudělat, pak pronést svou úřední integritu bez poskvrny tím pokušením vpravo i vlevo. Bylo to, jako když's putoval za svou čistou láskou uličkou holek, šel ke mně, mladý pane! Nebylo jediného úředního zločinu, který by sis nevymyslil, kterého by ses v duši nedopustil; vyčerpals všechny možnosti, a neprovedls žádnou. Inu pravda, ve skutečnosti by toho člověk ani nemohl tolik natropit, musel by se omezit na ty a ty případy; ale když na to jenom myslí, nejsou mu dány meze a může se dopustit všeho. Jen si vzpomeň na ty písařky!

To je lež!

Pomalu. Pomalu. Jen to nech, byls dost mocný pán v tom ministerstvu; jenom se zamračit, a těm děvčatům se třesou kolena. Zavolat si takovou a říci, slečno, tady máte plno chyb, nejsem s vámi spokojen; nevím, nevím, měl bych požádat, aby vás propustili. A tak dále: u všech by se to mohlo zkusit. A k tomu ještě mít ty bláznivé milióny, co jsou na dosah ruky! Co v téhle době takové děvče neudělá za tu gážičku a za těch pár hedvábných hadrů! Jsou mladé a jsou závislé –

Udělal jsem to?

Kdepak! Až na to, žes na ně pouštěl hrůzu, slečno, nejsem s vámi spokojen, a tak. Málo-li se jim třásla před tebou kolena, málo-li k tobě obracely oči o smilování! Jen je vlídně pohladit, a bylo by to. Ale to byla jen taková možnost, se kterou si dědek rozkošnicky pohrával. Ono tam těch písařek bylo, ani je člověk neměl spočítané; když už, tak už: všechny je probrat, jednu po druhé. Najmout si někde na periférii pokojík, poněkud hnusný a ne příliš čistý. Nebo kdyby tak šlo mít dřevěný kotec, rozžhavený sluncem a páchnoucí jako psí bouda; zavřít se tam na petlici, je tam tma jako v pekle; je jenom slyšet hlas, který sténá, a hlas, který hrozí a konejší.

Víc už nevíš?

Víc už nevím. Ono se to nestalo, vůbec nic se nestalo; takový obyčejný život. Jenom jednou to bylo naprosto skutečné, to bylo tehdy, když ti bylo osm let, s tou cikánskou holčičkou; tehdy ti něco spadlo do života, co tam snad opravdu nepatřilo. A od té doby, nu: pořáds to vyhazoval, a pořád to tam bylo. Pořáds to chtěl ještě jednou mít, a už se to nikdy nestalo. Člověče, tohle je také souvislá historie života, nemyslíš?

XXIX.

Souvislá historie života. Můj bože, co s tím teď mám dělat? Vždyť přece je pravda, že jsem byl obyčejný a celkem šťastný člověk, jeden z těch, kteří dělají poctivě svou práci; to je to hlavní. Vždyť tenhle život se ve mně utvářel odmalička; v něm nechal svou stopu tatínek v modré zástěře, nakloněný nad fošnami a hladící hotové dílo; a ti všichni kolem, kameník a hrnčíř, kupec, sklenář a pekař, vážně a pozorně zabraní do své práce, jako by nic jiného na světě nebylo. A když bylo něco těžkého a bolestného, prásklo se dveřmi a šlo se dělat tím horlivěji. Život, to nejsou události, to je práce, to je naše ustavičné dílo. Ano, je to tak; i můj život bylo takové dílo, do kterého jsem se zabral až po uši. Nebyl bych si věděl rady bez nějakého kutění; když už jsem musel jít na odpočinek, koupil jsem si tady ten domek a zahrádku, abych měl co robit; sázel jsem a kypřil, plel a zaléval, chválabohu, byla to práce, do které se člověk zabere, až neví o sobě a o ničem než o tom, co dělá; ano, byla to tak trochu malinká ohrada z třísek, ve které jsem seděl na bobečku jako dítě; ale dožil jsem se na ní mnohé radosti, dožil jsem se i pěnkavky, která se na mne podívala jedním okem, jako by se ptala: Co ty vlastně jsi? – Já jsem takový obyčejný člověk, pěnkavko, jako ti druzí, co žijí za plotem; teď jsem zahradník, ale tomu mě naučil starý pán – ono se skoro nic neděje nadarmo, takový je ve všem divný a moudrý pořádek, taková je to rovná a nutná cesta. Od malička až sem. Tak, to je ta souvislá historie o člověku. Tahle prostá a pedantická idyla, ano.

Amen a ano, je to pravda. Ale ona je tady ještě jedna historie, která je taky souvislá a taky tak pravdivá. To je ta historie o někom, kdo chtěl jaksi vyniknout nad to malé prostředí, v němž se narodil, nad ty truhláře a kameníky, nad své kamarády, nad svou školní třídu, pořád a pořád. To je taky od malička a jde to až po sám konec. A je to život udělaný z docela jiné látky, takové neuspokojené a nafukující se, která chce pořád víc místa pro sebe. Člověk už nemyslí na práci, ale sám na sebe a na to, aby byl víc než druzí. Neučí se proto, že by ho to těšilo, ale proto, že chce být první. I když chodí s panenkou přednostovou, nadýmá se v duchu, že má něco víc než telegrafista nebo pokladník. Pořád to já, jenom to já. Vždyť i v manželství zabírá pro sebe pořád víc a víc místa, až je jen on a všechno se točí kolem něho. Tak teď by mohl mít dost, ne? To je právě to, že nemá; když všeho dosáhl, čeho mu bylo třeba, musí si najít nové a větší místo, kde by se zase pomalu a jistě rozpínal. Ale jednou to má konec, to je to smutné, a špatně to dopadlo; zničehonic je člověk starý a k ničemu a sám, a je ho čím dál tím menší hromádka. Tak tohle byl celý život, pěnkavko, a já nevím, byl-li ze šťastné látky.

Pravda, potom je tady třetí příběh, taky tak souvislý a taky už od maličká; to je ten o tom hypochondrovi. V téhle historii vězí maminka, já vím; to ona mě tak rozmazlila a naplnila strachem o sebe. Tenhle člověk, to byl jakoby slabý a neduživý bratříček toho s lokty; oba sobci, jen co je pravda, ale ten s lokty byl výbojný a ten hypochondr defenzívní; ten se jenom bál o sebe a chtěl to mít třeba skromné, jenom když bezpečné. Nikam se nedral, hledal jen přístav a závětří – patrně proto se stal úředníkem a oženil se a ohraničil sebe sama. Nejlíp se snášel s tím prvním člověkem, s tím obyčejným a hodným; práce se svou pravidelností mu dávala dobrý pocit jistoty a skoro útulku. Ten s lokty byl dobrý k tomu, že opatřoval jakýsi blahobyt, i když jeho neuspokojená ctižádost někdy rušila opatrné pohodlí hypochondrovo. Vůbec ty tři životy se jakžtakž srovnávaly, třebaže spolu nesplývaly; ten obyčejný člověk dělal svou práci, nestaraje se o nic jiného; ten s lokty ji dovedl prodat, ale také ponoukal, dělej tohle a tamto nedělej, z toho nic nekouká; nu, a hypochondr, ten se nanejvýš ustaraně chmuřil: jen se nepřetrhnout a všeho s mírou. Takové tři různé nátury, a nebylo celkem mezi nimi svárů; shodli se mlčky a snad i na sebe brali jisté ohledy.

Ty tři osoby, to byly, abych tak řekl, mé životy legitimní a manželské; o ně se sdílela má žena a vešla s nimi ve svazek věrný a solidární. Pak tu byla další historie, to byl ten romantik. Řekl bych: kamarád hypochondrův. Osobnost velmi potřebná, aby jaksi vynahradila, čeho si hypochondr odpíral: dobrodružství a velkodušnost. S těmi druhými o tom nebyla řeč; ten s lokty byl příliš věcný a střízlivý, kdežto ten obyčejný člověk byl – nu, takový obyčejný a bez fantazie.

Zato hypochondr, ten to měl ukrutně rád; něco se prožije, něco napínavého a nebezpečného, a člověk je přitom v bezpečí doma; je dobře mít v rezervě takové dobrodružné a rytířské já. Provázelo mě od dětství, náleželo nutně a hluboce do mého života, ale ne do mého manželství; o téhle osobnosti má žena nesměla vědět. Snad měla také své jiné já, které nemělo co dělat s jejím domácím životem ani s její láskou manželskou; o tom však nic nevím.

Ale potom je tu ten pátý děj, a tahle historie je taky souvislá a pravdivá; začíná se už v mém chlapectví. To byl ten zavržený život, se kterým žádný z těch druhých nechtěl mít nic společného. Ani vědět se o něm nesmělo, jen někdy… v nejpřísnější samotě a skoro potmě, potají a úkradem se to smělo tak trochu prožívat; ale bylo to tu pořád, zlé a všivé a nesmírně zavržené, a žilo to na svou pěst. To už jsem nebyl já ani nějaký on (jako byl ten romantik), nýbrž jakési ono, něco tak nízkého a potlačeného, že už to nedávalo žádnou osobnost. Všecko, co bylo poněkud já, se toho s odporem stranilo; snad se toho dokonce hrozilo – jako něčeho, co je proti mému já, co je zkáza nebo sebezničení, nevím, jak bych to řekl. Já víc nevím, já víc nevím; vždyť já to sám neznám, nikdy jsem to neviděl celé, vždycky jenom jako něco, co tápá naslepo a potmě – Nu ano, jako v boudě zavřené na petlici a nečisté, jež páchne po zvířeti.

A pak tu byl – ne celý příběh, ale jenom fragment. Případ básníkův. Nemohu si pomoci: cítím, že ten básník měl víc co dělat s tím nízkým a utajeným než s čímkoliv jiným, co bylo ve mně. V něm bylo ovšem něco vyššího, – ale stál na tamté straně, a ne na mé. Bože, kdybych to dovedl říci! Jako by to chtěl nějak vysvobodit, jako by se pokoušel udělat z toho člověka nebo ještě víc než člověka. Ale na to by snad musela být nějaká boží milost nebo zázrak, – proč pořád myslím na anděla mávajícího křídly? Snad že to nevykoupené zápasilo s nějakým andělem spásy; někdy to toho anděla vyválelo ve svinstvu a někdy se snad zdálo, že to zlé a zavržené bude očištěno. Jako by do té tmy vnikalo štěrbinami nějaké prudší a oslňující světlo, tak krásné, že i ta nečistota se zdála něčím silně a úžasně zářit. Snad se to nevykoupené mělo stát ve mně duší, já nevím. Vím jenom, že se to nestalo; zavržené zůstalo zavrženo, a básníka, jenž neměl co činit s tím, co bylo mé uznané a legitimní já, vzal čert; nebylo pro něho místa v těch druhých historiích.

To tedy je inventář mého života.

XXX.

A ještě docela ne. Ještě zbývá jeden příběh – nebo spíš kousek příběhu. Epizoda, která nezapadá do žádné jiné souvislé historie a stojí sama o sobě, kde se vzala, tu se vzala. Propána, jaképak okolky, nebudu pořád brát ohled na svou skromnost. To, co jsem dělal za války, byla zatracená kuráž, – řekněme třeba, i hrdinství. Vzdyť na to byl válečný soud a oprátka, to bylo jako houska na krámě, a já to docela dobře věděl. Ani jsem to neprovozoval moc opatrně, až na to, že jsem nedával nic písemného; mluvil jsem o těch věcech s desítkami konduktérů, mašinistů i pošťáků, – kdyby se některý podřekl nebo to píchnul, bylo zle pro mne i pro ty druhé. Přitom jsem necítil nic hrdinského a povznášejícího, žádná národní povinnost, žádné obětovat život nebo jiné takové vznesené myšlenky; jenom jsem si řekl, že by se něco takového mělo dělat, nu a tak se to dělalo, jako by se to rozumělo samo sebou. Dokonce jsem se trochu styděl, že jsem s tím nezačal dřív; viděl jsem, že ti druzí, ti tatíci, ti konduktéři a topiči na to jen čekali, aby něco mohli dělat. Například ten brzdař, pět dětí měl, a řekl jenom: "Jo, pane přednosta, nemaj starost, já to vyřídím." Také on mohl viset, a věděl to. Ani jsem už nemusel našim říkat, a přišli sami, sotva jsem je znal. "Munice jde na Itálii, pane přednosto, tam se něco semele." A bylo to. Teď vidím, jak to bylo neopatrné – od nich i ode mne, ale to tehdy nepadalo jaksi vůbec na váhu. Říkám tomu hrdinství, protože ti lidé byli hrdinové; já jsem nebyl o nic lepší než oni, jenom jsem tomu dával trochu té organizace.

Zablokovali jsme všechna nádraží, kde to šlo, i stanici

starého pána. Stalo se mu tam neštěstí, a starý pán se z toho pomátl a zemřel. Věděl jsem, že jsem mu to udělal já, měl jsem ho upřímně rád, ale v tu chvíli mi to bylo docela jedno. To, čemu se říká hrdinství, není žádný veliký cit, nějaké nadšení či co; je to jakýsi samozřejmý a skoro slepý mus, takový strašně objektivní stav; pohnutky sem, pohnutky tam, jde se do toho a basta. Ani vůle to není, člověk je tím jako vlečen a raději o tom moc nepřemýšlí. A žena o tom nesmí vědět, to není pro ženské. Tedy to všecko je docela jednoduché a nepotřeboval bych se k tomu vracet; ale teď jde o to, jak to souvisí s těmi druhými životy, které jsem vedl.

Ten idylický pan přednosta, ne, to nebyl žádný hrdina; nejmíň mu zajisté leželo, aby řídil cosi jako sabotáž svých milovaných drah. Ovšem idylický pan přednosta byl té doby téměř ztracen; jeho vzorné nádraží uvedl delirantní setník ve stav špinavého blázince; pro svědomitého pana přednostu už nebylo v tomto světě místo. Ten s lokty, ne; ten by tolik neriskoval a řekl by si, co já z toho mám; ono to, víme, mohlo dopadnout špatně a zdálo se většinou, že to císař pán spíš vyhraje. A pak, v téhle věci člověk nemohl a nesměl myslet na sebe; jakmile by začal uvažovat, co ho čeká, spadlo by mu srdce do kalhot, a byl by konec. Spíš to byl takový pocit, čert mne vem a pendrek záleží na mém životě; jen tak se to dalo vydržet. Ne, ten s lokty s tím neměl co dělat. A hypochondr, který se věčně bál o svůj život, teprve ne; divné, že se tomu podnikání ani nebránil. Romantik, ne. Ono to nebylo za mák romantické, ani špetka nějakého snění nebo dobrodružství; tak naprosto střízlivé a věcné to bylo, jen docela maličko divoké, jen potud, že jsem cítil potřebu pít rum; ale to snad náleželo k tomu chlapství, které nás pojilo. Byl bych se chtěl držet s těmi brzdaři a konduktéry kolem krku, pít s nimi a hlaholit, hoši, kluci drazí, zazpívejme si! Já, který jsem byl po celý život samotář! To bylo to nejkrásnější na věci, to splývání – s těmi druhými, ta mužská láska ke kamarádům. Žádné sólové hrdinství, ale radost z té nádherné party, kruci, my železničáři, my jim to ukážeme! Ne že by o tom padlo slovo, ale cítil jsem to, a myslím, že jsme to cítili všichni. Tak vida, teď se naplnilo, co chybělo mému dětství; už nesedím u své ohrady z třísek, já jdu s vámi, hoši, jdu s sebou, kamarádi, ať je to do čeho chce! Rozplynula se má osamělost, byla tu naše společná věc; už nebylo jenom já, a to se to šlo, pane, to byl ten nejlehčí kus cesty. Ano, lehčí a dobřejší než láska.

Myslím, že tenhle život vůbec nesouvisel s těmi druhými.

Můj bože, a ještě jiný život, na který bych byl nadobro zapomněl. Jiný a skoro opačný než tenhle a než všechny ostatní, – vlastně jenom takové divné okamžiky, které jako by náležely do docela jiného života. Například – taková touha být něco jako žebrák u chrámových dveří; touha nic nechtít a všeho se vzdát; být chudý a sám a v tom nacházet zvláštní radost nebo svatost, – nevím, jak bych to řekl. Například jako dítě, ten kout mezi prkny; měl jsem to místo hrozně rád, že bylo takové malé a opuštěné, a bylo mi tam krásně a dobře. U nás chodili každého pátku místní žebráci hromadně žebrat od domu k domu; chodíval jsem s nimi, nevím proč, a modlil jsem se jako oni a jako oni jsem huhlal "zaplať pámbu, naděl pámbu" u každých vrat. Nebo to plaché, krátkozraké děvče, – v tom byla taky ta potřeba něčeho pokorného, chudého a opuštěného, i ta zvláštní, skoro pobožná radost. A to bylo pořád: třeba to nárazíště na poslední stanici světa, nic než rezavé koleje, pastuší tobolka a suchá travina, nic než právě konec světa, místo opuštěné a k ničemu dobré; tam mně bylo nejlíp. Nebo ty besedy v lampářově boudě: byla tak malá a těsná, bože, tady by se dalo dobře žít! I na svém nádraží jsem měl takový kout, bylo to mezi skladištěm a plotem; nic než rez, střepy a kopřivy, – sem už nepřijde nikdo, leda Bůh, a je to smutné a usmířené jako marnost všeho. A pan přednosta u toho někdy stál třeba hodinu s rukama na zádech a nazíral marnost všeho. Přiběhli zřízenci, – máme to snad uklidit? Ne, jen to nechte, jak to je. Toho dne už jsem se nedíval napravo a nalevo, co lidé dělají. Nač pořád robit to nebo ono? Prostě být a nic víc: to je taková tichá a moudrá smrt. Já vím, bylo to svým způsobem popírání života; právě proto to nespadá do žádné jiné souvislosti; bylo to jenom a nedálo se to, neboť není žádných událostí, kde vše je marnost.

XXXI.

Tak kolik je to životních dějů: čtyři, pět, osm. Osm životů, které skládají můj život; a já vím, kdybych měl víc pokdy a jasnější hlavu, že by se jich našla ještě řada, třeba docela nesouvislých, třeba takových, které byly jen jednou a trvaly jenom okamžik. A možná že ještě víc je těch, na které vůbec nedošlo; kdyby můj život probíhal jinak, kdybych byl něčím jiným nebo mě potkaly jiné příhody, snad by se ve mně vynořily ještě docela jiné – řekl bych osoby, schopné počínat si jinak než já. Kdybych třeba měl jinou ženu, mohl ve mně vyvstat člověk svárlivý a popudlivý; nebo za některých okolností bych se snad choval jako lehkomyslný člověk; nemohu to vyloučit, nemohu vyloučit nic.

Přitom vím docela dobře, že nejsem nějaká zajímavá a složitá, rozpolcená nebo bůhvíjaká osobnost; myslím, že to nikdy nikoho o mně nenapadlo. Co jsem kdy byl, byl jsem naplno, a co jsem dělal, dělal jsem, jak se říká, celou duší. Nikdy jsem o sobě nehloubal, nebylo ani proč; je tomu několik neděl, co jsem začal toto psát, a sám jsem se těšil, jaký to bude pěkný a jednoduchý děj, udělaný jako z jednoho kusu. Pak jsem na to přišel, že jsem té jednoduchosti a jednolitosti tak drobet napomáhal, třeba bezděky. Člověk prostě má určitou představu sám o sobě a o svém životě, a podle toho vybírá nebo i trochu upravuje fakta, aby mu tu představu potvrdila. Myslím, že jsem zprvu chtěl psát cosi jako apologii obyčejného životního údělu, tak jako slavní a neobyčejní lidé píší ve svých vzpomínkách apologii svých neobyčejných a vynikajících osudů; řekl bych, že oni také všelijak napomáhají své životní historii, aby z ní udělali jednotný a pravděpodobný obraz; ono to vypadá možnější, když se tomu dá nějaká jednotící linie. Teď to vidím: jakápak možnost! Život člověka je spousta různých možných životů, ze kterých se uskuteční jenom jeden, nebo jenom několik, zatímco ty druhé se projeví jen kuse, na chvíli nebo vůbec nikdy. Tak nějak si teď představuju historii každého člověka. Řekněme můj případ, – a já nejsem jistě nic zvláštního. To bylo několik osudů, které se ustavičně proplétaly; jednou převládal ten a jednou onen; pak byly některé, které už nebyly tak trvalé a zdají se být spíš jenom ostrovy nebo epizodami v tom úhrnném životě – jako třeba případ básníkův nebo příběh hrdinský. A zase jiné, které byly jenom takovou trvalou a neurčitě prokmitající možností, jako ten romantik nebo ten, jak bych tomu řekl, žebrák u chrámových dveří. Ale přitom, ať jsem žil kterýkoli z těch údělů nebo byl kýmkoli z těch figur, byl jsem to vždycky já, a to já bylo pořád totéž a neměnilo se od začátku až do konce. To je to divné. Je tedy to já cosi, co je nad těmi figurami a jejich osudy, něco vyššího, jediného a jednotícího, je to snad to, čemu říkáme duše? Ale vždyť to já nemělo žádný svůj obsah, jednou bylo tím hypochondrem a jednou tím hrdinou, a nebylo ničím, co by se vznášelo nad nimi! Vždyť bylo samo o sobě prázdné, a aby vůbec bylo nějaké, muselo si vypůjčit jednu z těch postav a její život! Bylo to trochu tak, jako když jsem, klouček maličký, vylezl na ramena tovaryši Francovi a pak jsem se cítil silný a veliký jako on; nebo když jsem se vedl za ruku s tatínkem a cítil jsem se vážný a důstojný jako on. Nejspíš se to já jenom vezlo na těch životech; tuze chtělo a potřebovalo být někým, a proto si musilo přisvojit ten nebo onen život –

Ne, ještě jinak. Řekněme, že člověk je něco jako zástup lidí. V tom zástupu putuje, dejme tomu, obyčejný člověk, hypochondr, hrdina, ten s lokty a bůhví kdo ještě; je to pomíchaný houfec, ale má společnou cestu. Vždycky někdo z nich je v čele a vede kus cesty; a aby bylo vidět, že vede, mysleme si, že nese v ruce standartu, na které je napsáno Já. Tak, teď on je Já. Je to jen slovo, ale takové mocné a velitelské slovo; dokud je tím Já, je pánem zástupu. Potom se protlačí dopředu zase někdo jiný z houfu, nu, a teď on nese tu standartu a je tím vedoucím Já. Řekněme, že to Já je jenom taková pomůcka, takový prapor udělaný jen proto, aby ten hlouček měl něco v čele, co představuje jeho jednotu. Kdyby nebylo zástupu, nebylo by třeba ani toho společného odznaku. Zvíře snad nemá žádné já, protože je jednoduché a žije jenom svou jedinou možnost; ale čím jsme složitější, tím víc musíme sami v sobě uplatňovat to Já a zvedat je co nejvýš; pozor, toto jsem Já.

Tak vida, zástup; zástup, který má svou jednotu i své vnitřní napětí a konflikty. Třeba někdo v něm je ten nejsilnější, tak silný, že vyniká nad všechny druhé. Ten ponese to Já od začátku do konce a nepřenechá je jiným rukám. Takový člověk se bude co živ jevit jako udělaný z jednoho kusu. Nebo je v tom houfu někdo, kdo se líp než druzí hodí pro to povolání nebo prostředí, ve kterém člověk žije, a ten potom bude tím vedoucím Já. Jindy nese to Já ten z hloučku, kdo vypadá nejdůstojněji a jaksi reprezentativně; pak si člověk s potěšením řekne, vida, jak jsem mužný a ušlechtilý! Nebo je v tom houfu taková ješitná, umíněná, samolibá osobička; ta bude hledět, aby ona měla v rukou tu standartu, a bude se v člověku vrtět a nadouvat, jen aby měla vrch; a pak si člověk myslí, já jsem takový a takový, já jsem korektní úředník nebo já jsem muž zásad. Někteří v tom houfu se nemají rádi; někteří zase drží dohromady a tvoří kliku nebo většinu, která se potom dělí o to Já a nepustí ty druhé k moci. U mne to býval ten obyčejný člověk, ten s lokty a hypochondr, kteří se spolčili v jakousi partu a podávali si mé Já z ruky do ruky; měli to dobře scuknuto a podrželi vrch po většinu mých dnů. Někdy byl ten s lokty zklamán, někdy ten obyčejný člověk povolil z dobroty nebo rozpaků, někdy selhal hypochondr z chabosti vůle; pak přešla má standarta na chvíli do jiných rukou. Ten obyčejný člověk byl nejsilnější a nejvytrvalejší, takový tahoun; proto byl mým Já často a nejdéle. To nízké a zlé se nestalo nikdy mým Já; když přišla jeho chvíle, byla standarta, abych tak řekl, skloněna k zemi; nebylo žádného Já, byl jenom chaos bez vedení a jména.

Já vím, je to jen obraz; ale je to jediný obraz, na kterém mohu vidět celý svůj život, ne rozvinutý v čase, ale celý najednou, se vším, co bylo, a ještě s nekonečně mnohým, co nad to mohlo být.

Můj bože, takový zástup, vždyť je to vlastně drama! Po celý čas se to v nás potýká a vyřizuje si to svůj věčný spor. Každá z těch vedoucích osob by se chtěla zmocnit celého života, chce být v právu a stát se tím uznaným Já. Ten obyčejný člověk chtěl opanovat můj celý život, i ten s lokty, i ten hypochondr; to byl zápas, to byl tichý a zuřivý zápas o to, kým mám být. Takové divné drama, kde lidé na sebe nekřičí a nejdou na sebe s noži; sedí u jednoho stolu a dohovořují se o běžných a lhostejných věcech; ale jak to mezi nimi leží, Kriste, jak napjatě a nenávistně to mezi nimi leží! Ten obyčejný dobrák tím trpí mlčky a bezmocně; nemůže zakřičet, neboť je povaha trochu služebná; je rád, když se může po uši zabrat do práce, aby zapomněl na ty druhé. Hypochondr, ten si smočí jen někdy; myslí příliš na sebe sama a roztrpčuje ho, že jsou také jiné zájmy než on; bože, jaká otrava, ti druzí se svými hloupými starostmi! A ten s lokty dělá, jako by necítil tu nepřátelskou a dusnou atmosféru; naparuje se, ironizuje a ví všechno líp, to by mělo být takhle a ono onak, toto je zbytečné a mělo by se dělat tamto, z čeho kouká nějaký úspěch. A romantik, ten vůbec neposlouchá, myslí na nějakou krásnou cizinku a neví, co se děje. Pak je tam z milosti trpěn chudý a pokorný příbuzný, takový žebráček boží; ten nic nechce a nic nemluví, jenom si šeptá, kdoví co si to šeptá tajemného a tichého; třeba by mohl ošetřovat hypochondra a šeptat mu to do ucha, ale ti páni ho neberou na vědomost, kdepak, takového slabomyslného, trpného prosťáčka! A ještě je tam něco, o čem se nemluví; někdy to někde zaharaší a zalomcuje jako strašidlo, ale ti páni u stolu se jen trochu zamračí a mluví dál o svých záležitostech, jako by se nic nestalo; jen po sobě střílí očima o něco podrážděněji a nenávistněji, jako by jeden druhému kladl za vinu, že tu je něco, co lomcuje a straší. Divná domácnost. Jednou tam vtrhl někdo, byl to básník; obrátil všechno vzhůru nohama a strašil hůř než to strašidlo; ale i druzí, ti sebe dbalí, ho nějak vytlačili z té slušné a skoro ctihodné domácnosti, – to už je dávno, hrozně dávno. A jednou tam přišel jeden takový chlap, to byl ten hrdina;

nedělal žádné okolky a začal komandovat jako v pevnosti, hoši, musí se do toho, a tak. A vida, jaké to bylo mužstvo: ten s lokty se mohl přetrhnout samou horlivostí, a obyčejný člověk měl síly za dva, a hypochondr najednou cítil s úlevou, pendrek záleží na mém životě. To byla doba, hoši, to byla chlapácká doba! A pak bylo po válce a ten hrdina tu už neměl co dělat; to si ti tři, panečku, oddychli, když byl ten vetřelec tentam! Tak, teď je to tady, chválabohu, zase naše.

Vidím to jako nějakou scénu, tak živě a určitě. To tedy je ten celý život, tohle drama bez děje, a teď už je pomalu konec; už i ten věčný spor se jaksi vyřídil. Vidím to jako nějakou scénu. Ten s lokty už nemluví povýšeně, nekáže, co by se mělo dělat, má hlavu v dlaních a dívá se do země, Ježíši Kriste, Ježíši Kriste! Ten obyčejný dobrák neví, co by řekl; je mu strašně líto toho muže, toho ctižádostivého egoisty, který mu zkazil život; nu, co dělat, nebyl to úspěch a už na to nemysli. Ale zato sedí u stolu ten žebráček boží, ten chudý, který nic nechce, drží za ruku hypochondra a něco šeptá, jako by se modlil.

XXXII.

Byly ve mně věci, o kterých jsem věděl, tohle je tatínek, a jiné, ze kterých jsem cítil, toto je maminka. Ale v tatínkovi a mamince žili zase jejich otcové a matky, které jsem skoro neznal; jenom jednoho dědečka, který prý býval veliký divous, samé ženské a kumpáni, a jednu babičku, ženu svatou a pobožnou. Snad i oni jsou něčím přítomni ve mně a někdo v tom zástupu má jejich rysy. Snad to množství, které je v nás, jsou naši předkové do bůhvíkolikátého kolene. Ten romantik, to vím, to byla maminka, ale ten žebrák u chrámových dveří, to mohla být ta pobožná babička, a ten hrdina třeba nějaký praděd, dobrý piják a rváč, kdopak ví. Je mi teď líto, že nevím nic bližšího o svých předcích; kdybych aspoň věděl, čím bývali a koho si brali, – i z toho by se mohlo ledacos poznat. Třeba každý z nás je součet lidí, jenž narůstá z pokolení do pokolení. A třeba už je nám úzko z toho nekonečného rozrůznění; proto mu chceme uniknout a přijímáme nějaké davové já, které by nás zjednodušilo.

Bůh ví, proč musím myslet na svého bratříčka, který zemřel, sotva se narodil. Trápí mě představa, jaký by asi byl. Jistě docela jiný než já; bratři si nejsou nikdy rovni. A přece byl by zrozen z týchž rodičů a za stejných podmínek dědičnosti jako já. Rostl by na tomtéž truhlářském dvorku s týmž tovaryšem Francem i panem Martinkem. Přesto by byl možná nadanější než já nebo svéhlavější, přivedl by to dál nebo nikam, kdopak to může vědět. Patrně by si z té spousty možností, se kterými přicházíme na svět, vybral některé jiné, a byl by to docela jiný člověk. Možná že se už biologicky rodíme jako mnohost, jako takový zástup, a teprve vývojem, prostředím a okolnostmi se z nás udělá víceméně jeden člověk. Jistěže by můj bratříček uskutečnil osudy, na které jsem já už nestačil, a snad bych i na nich poznal ledacos, co je ve mně.

Je hrozné, když si člověk představí tu nahodilost života. Mohly se setkat dva jiné z miliónů zárodků, a byl by to jiný člověk; nebyl bych potom já, nýbrž jakýsi neznámý bratr, a bůh suď, co by to bylo za divného chlapa. Mohl se narodit některý jiný z tisíců nebo miliónů možných bratříčků; nu, byl jsem to já, kdo vytáhl ten pravý los, a oni ostrouhali kolečka; co dělat, nemohli jsme se narodit všichni. A co, člověče, je-li ta mnohost osudů, která je v nás, zástupem těch možných a nenarozených bratří? Třeba jeden z nich by byl truhlářem a druhy hrdinou; jeden by to přivedl daleko a jiný by žil jako žebrák u chrámových dveří; a nebyly to jenom mé, nýbrž také jejich možnosti! Možná že to, co jsem prostě bral jako svůj život, byl náš život; nás, kteří jsme dávno žili a umřeli, i nás, kteří jsme se ani nenarodili a jenom jsme mohli být. Bože, to je hrozná představa, hrozná i krásná; ten obyčejný života běh, který tak dobře a nazpaměť znám, se najednou na mne dívá docela jinak, zdá se nesmírně velký a tajemný. To jsem nebyl já, to jsme byli my. Ani nevíš, co jsi žil, člověče, ani nevíš, co všechno jsi žil!

Tak teď jsme tady všichni, a je nás tu plno. Tak vida, celý náš rod; a cože jste si na mne všichni vzpomněli?

Inu, my jsme se přišli rozloučit; to víš –

Co?

Nu, nežli se rozejdeme. Máš to tu pěkné.

Tak, tak. Moji milí, moji milí! Musíte odpustit, že jsem vás nečekal –

Pěkný nábytek, hochu. Musel stát hromadu peněz.

Stál, tatínku.

Je vidět, chlapče, žes to někam přivedl. Mám z tebe radost.

Můj jediný, můj hošíčku, jak špatně vypadáš! Není ti něco?

Á, to je maminka! Maminko, mami, já mám něco se srdcem, víš?

Ach bože, se srdcem? Vidíš, já jsem taky měla trampoty se srdcem. To je po mém tatínkovi.

A ten tu není?

Je. To je přece ten špatný dědeček. Však to byl, chudák, on, co tu strašil, to je u nás v rodě.

Ukažte se, zpropadený dědečku! Tak to jste vy, ten hříšník? Kdo by to do vás řekl!

Nu, jen nech. Kdo by to řekl do tebe! V tobě to taky bylo.

Ale v mamince ne.

Prosím tě, v ženské! To přece není pro ženské. Co dělat, mužský se musí vybouřit.

A vy to máte jednoduché, dědečku!

Mám. Já jsem byl pravý chlap, holenku. Nu co, zadováděl jsem si někdy.

A tahal jste babičku za vlasy po zemi.

Tahal.

Tak vidíte; a mně pak vyčítají, že jsem chtěl uškrtit svou nebožku ženu! To je po vás, dědečku.

Ale neměls tu sílu po mně, hochu. Tys podědil náturu spíš po ženských. Proto to bylo v tobě… takové divné a tajné.

To můžete mít pravdu. Tak vida, po ženských! To vy jste měl za ženu tu pobožnou a svatou babičku?

Kdepak. Já jsem měl tu veselou babičku. Copaks o ní neslyšel?

Už vím! To byla ta veselá babička, co strojila samý šprým.

– Já jsem ta veselá babička. Pamatuješ se, jak jsi škádlil toho telegrafistu? To bylo po mně.

A po kom byl ten pokorný a svatý člověk?

To bylo taky po mně, hochu. Já jsem mnoho od chudáka dědečka zkusila, co je to platno. Člověk musí mít trpělivost, nu, a smíří se.

A co ta druhá babička, ta pobožná a svatá?

To byla, chudák, zlá ženská. Plná zlosti, závisti a lakoty, a proto ze sebe dělala svatou. To přece máš po ní!

Co?

Inu, že jsi každému záviděl a chtěl být ten nejlepší ze všech, ty můj ubohý broučku.

A co mám po tom druhém dědečkovi?

Třeba to, že jsi sloužil. Ten byl, holenku, ještě nevolníkem a robotil na panském, tak jako jeho táta a děd –

A po kom byl ten básník?

Básník? To u nás nebylo v rodě.

A ten hrdina?

Žádný hrdina. My jsme byli, synáčku, samí obyčejní lidé. Vždyť nás bylo a je jako na pouti.

Máte pravdu, babičko, máte pravdu, jako na pouti. A pak se nemá člověk rodit jako průměr z tolika lidí! Z každého má něco, a dohromady je to takové obyčejné a průměrné –

Chválabohu!

Chválabohu!

Chválabohu, že jsem byl ten obyčejný člověk. Vždyť to je právě to ohromné, – v tom právě jste byli vy, vy všichni, tolik vás v Pánu zesnulých!

Amen.

A co nás je, – jako na pouti. Tolik lidí pohromadě, – vždyť je to jako veliký svátek! To by člověk neřekl, bože, to by si ani nepomyslil, že život je – taková sláva!

A co my, my možní bratříčkové?

Kdepak jste? Já vás nevidím –

Ne, nás vidět není, nás si můžeš jen myslet. Například –

Co například?

Například já bych byl truhlářem a převzal bych dílnu po tatínkovi. Nemysli si, dnes by to už byla velká dílna, dvacet dělníků – a těch mašin! To by se musil přikoupit dvorek hrnčířův, však beztoho už tam není hrnčířská dílna.

Tatínek na to myslel.

Pravdaže myslel, ale když neměl syna truhlářem! Škoda té truhlárny. Nech to být, nebylo by to špatné.

Nebylo.

A to já ne, já bych byl něco jiného. Člověče, já bych byl ukázal tomu klukovi malířovu! Franc by mě naučil, jak se má člověk prát, a bylo by to. Ten by jich dostal, ten kluk malířská!

A čím bys chtěl být potom?

To je jedno. Třeba lámat krumpáčem skálu, po pás nahý, plivnout si do dlaní a kopat. Ty svaly, panečku, to bys koukal.

Jdi někam, lámat skálu! To já bych šel do Ameriky nebo kam. A ne jenom fantazírovat o nějakých dobrodružstvích, to nic není. Zkusit to, sakra, zkusit své štěstí a pustit se do světa – Člověk aspoň něco užije a pozná.

Něco užít, to máš jenom se ženskými. Mládenci, já bych se dal na to. Ať by to byla coura, nebo princezna v lodenových šatech –

I ta kantýnská?

I ta kantýnská s prsy až na břicho.

I ta nevěstka na mostě?

I ta, člověče. Ta musila být, kruci!

I ta… holčička s uděšenýma očima?

Ta zvlášť, ta zvlášť! Tu bych byl přece nepustil jen tak! A vůbec – Čert to vem, zadováděl bych si.

A co ty?

Já nic.

Čím bys byl?

Nu, nic, ničím. Já jen tak, víš?

Žebral bys?

Třeba i žebral.

A ty!

Já?… Já bych umřel ve třiadvaceti létech. Určitě.

A nic bys neužil?

Nic. Jenom to, že by mě všichni litovali.

Hm, to já bych padl až na vojně. Hergot, je to blbé, ale člověk je aspoň s kamarády. A když chcípá, tak aspoň cítí takový vztek, takový strašný a krásny vztek, jako by někomu plival do tváře. Potvory, co jste to udělali!

A básníkem by nebyl nikdo z vás?

Kuš! Když už, tak být něčím pořádným. Copak ty, tys byl skoro ten nejslabší z nás, ty bys nemohl to, co my – Nu, dobře, že sis na nás vzpomněl, bratříčku. Jsme přece jenom všichni jedna krev. Ty, žebrák, dobrodruh, truhlář, rváč a děvkař, ten, který padl, i ten, který předčasně zemřel –

– všichni jsme jedné krve.

Všichni. Viděls už, bratříčku, někoho, kdo by nemohl být tvým bratrem?

XXXIII.

Ještě tak být básníkem, ten to má dobré; básník vidí, co je v něm, a může tomu dát jméno i tvar. Není žádné fantazie, nikdo nemůže vymyslet, co by nebylo v něm. Uzřít a uslyšet, v tom je ten celý zázrak a celé zjevení. A domyslet do konce, co je v nás jenom naznačeno. I najde celého člověka a celý život v tom, co je pro jiné jenom záchvěv nebo okamžik. Je tak přelidněn, že to musí vysílat do světa. Jdi, Romeo, a miluj zběsilostí lásky, vraždi, žárlivý Othello, a ty, Hamlete, váhej, jako jsem váhal já. To všechno jsou možné životy, jež činí nárok, aby byly žity. A básník jim toho může dopřát se zázračnou a všemohoucí plností.

Kdybych mohl, jako básníci, dát vůli těm osudům, které byly ve mně, tu by vypadaly jinak, Kriste, to bych z nich udělal něco jiného! Ten obyčejný člověk by nebyl přednostou stanice; byl by sedlákem, hospodářem, který pracuje na své půdě; své koně by hřebelcoval a zaplétal by jim hřívu, těžkým a ryšavým valachům s ohony po zem; své volky by popadl za rohy a vůz by nadzvedl rukou, takový hromotluk. A dvorec bíle natřený s červenými střechami, a na zápraží žena, utírá si ruce zástěrou, a pojď jíst, hospodáři. Měli bychom děti, ženo, neboť naše pole by plodilo. Jakápak práce, když to není na svém? – Byl by to paličatý a prchlý sedlák, jako ras na čeleď, ale zato ten pěkný dvorec, a těch zvířat, toho života, co se tu hemží! To už není, pane, ohrada z třísek, to je pravý kus světa a pravá práce. Na to se může každý podívat, jaké dílo jsem tady pro sebe udělal. – To tedy by byla ta pravá historie a ta celá, plná, nepolovičatá pravda o člověku obyčejném. Ten hospodář by patrně položil krk za svůj statek: ne proto, že by to bylo tragické, naopak, že je to samozřejmé; copak ten krásný grunt nestojí za život člověka? Třeba dělá na poli, a ve vsi zvoní na poplach, u někoho hoří. A tu běží starý sedlák, srdce mu neslouží, ale sedlák běží; to je hrozné, co takové srdce může dělat. Jako by se mělo rozpuknout, jako by se strašně sevřelo a nemohlo se zase otevřít, ale sedlák běží. Ještě několik kroků, – ale to už není srdce, to už je jenom taková nesmírná bolest. A tady jsme, tady jsou vrata a dvůr, bílé stěny a červené střechy, cože se to tak točí vzhůru nohama? Ne, to přece nejsou bílé stěny, to je obloha. Vždyť tady vždycky býval dvůr, diví se hospodář; ale to už ze stavení vybíhají lidé a pokoušejí se zvednout těžké tělo člověka.

Nebo ten s lokty: to by taky byla docela jiná historie. Předně by to přivedl dál, nestačil by mu nějaký úřední stůl; ani nevím, čím by musel být, aby to vyjádřilo jeho ctižádost. A byl by bezohlednější, byl by hrozný ve své vůli k moci; šel by přes mrtvoly, aby dosáhl svého; všecko by obětoval své velikosti, štěstí, lásku, lidi i sebe sama. Nejdřív malý a ponížený, drápal by se stůj co stůj nahoru; vzorný žáček, který všecko nadřel a pomáhá učitelům do kabátu; snaživý úředníček, který žere práci, lichotí nadřízeným a denuncuje kolegy; potom už sám může poroučet jiným a přijde tomu na chuť. Pánovitý a bezcitný, týrá lidi, takový otrokář práskající bičem; to se rozumí, teď se stává osobou důležitou a užitečnou a roste čím dále tím rychleji, pořád osamělejší a mocnější a pořád víc nenáviděný. A ještě toho nemá dost, nikdy nemůže být dost pánem, aby vyhladil poníženost svých počátků; ještě se musí několika lidem klanět a div se při tom nepřerazí samou horlivostí a úctou; tak to je ještě to malé a služebné v něm, co dosud nepřekonal. Nu tak dál, ještě o kousek výš, všechny síly napnout, – a v tu chvíli ten s lokty o něco brkne, a už je dole, je v hanbě a ponížení, a konec. To je trest za to, že chtěl být veliký, to je spravedlivý trest. Tragická figura, koukejme; takový to byl přísný pán, a teď sedí a tiskne si ruku k srdci. Copak měl někdy srdce? Inu, nemíval, a najednou tu je něco, co silně a hluboce bolí. To tedy je srdce, ta bolest a úzkost; kdo by byl věřil, že může být v člověku tolik srdce!

Nebo ten hypochondr: jen ho pořádně dodělat, a byla by to pěkná nestvůra. Jeho příběh, to by byla obludná tyranie slabosti a strachu, neboť slaboch je nejhroznějším tyranem. Všechno by se musilo kolem něho točit zakřiknutě a po špičkách. Nikdo se nezasměj, nikdo se netěš ze života, neboť tady je nemocný. Jak může, jak smí někdo být zdráv a veselý! Zatrhnout vám to, neřádi, kéž by vám tváří zacukala bolest, kéž byste schli strachem a sklíčeností! Aspoň vám nejbližším budu otravovat dny a noci tisícerou sekaturou, aspoň vás přinutím, abyste sloužili mé nemoci a slabosti, – což nejsem chorý a nemám na to právo? Tak vida je, oni umrou dřív! Dobře jim tak, to mají z toho, že byli zdrávi! A nakonec zbývá jen on, jen hypochondr; všechny je přežil, a už nemá, koho by trápil; nyní je skutečně nemocen, a je na to sám; není tu nikdo, na koho by se zlobil, komu by dával vinu, že dnes mu je zase hůř – Jak je to od těch lidí sobecké, že zemřeli! A hypochondr, jenž trýznil živé, počíná tiše a trpce nenávidět mrtvé, kteří ho opustili.

A co by se dalo udělat z toho hrdiny, – ten by nevyvázl se zdravou kůží; jednou v noci by ho zatkli vojáci, – jak by se na ně podíval pyšnýma, planoucíma, výsměšnýma očima, jako ten syn malířův; byl by na místě zastřelen, patrně ranou do srdce; jen takové jedno bolestné cuknutí, a ležel by mezi kolejemi, tváří vzhůru. Šílený setník s revolverem – Odneste toho psa do lampárny! Čtyři železničáři vlekou to tělo, hergot, jak je takový mrtvý člověk těžký! – V tu dobu by už byl básník dávno mrtev, upil by se; umíral by ve špitále, odulý a hrozný; co to tak šustí, jsou to kokosové palmy nebo křídla? Modlí se nad ním milosrdná sestra, drží ho za ruce, aby tak netěkaly v deliriu. Sestřičko, sestro, jak je to dál: Anděle boží, strážce můj –? A romantik, což ten: něco by se semlelo, nějaké velké a neobyčejné neštěstí; a on by umíral, jistě pro tu krásnou cizinku; měl by hlavu na jejím klíně a šeptal by: Ne pleurez pas, Madame – Ano, to by byl ten pravý konec, to jsou ty pravé a celé životy, tak, jak měly být.

To už jsou všichni, a všichni mrtvi? Ne, ještě zbývá ten žebráček boží; copak ten ještě neumřel? Ne, neumřel, možná že je věčný. Vždycky byl tam, kde byl konec všeho; i bude snad na konci všcho, a bude se dívat.

XXXIV.

Každý z nás je my, každý je zástup, který se vytrácí do nedohledna. Jen se na sebe podívej, člověče, vždyť jsi málem celé lidstvo! To je to strašné: když hřešíš, padá vina na ně na všechny, a každou tvou bolest i malost nese ten ohromný zástup. Nesmíš, nesmíš tolik lidí vést cestou ponížení a marnosti. Ty jsi Já, ty vedeš, jsi za ně odpovědný; tyhle všechny jsi měl někam přivést.

Ano, ale co dělat, když je těch osudů tolik, když je tolik těch možností! Copak je mohu všechny vést za ruku? Což se mám věčně dívat sám do sebe a zobracet svůj život po líci i rubu, – není tam ještě něco? nepřehlédl jsem snad nějakou přikrčenou osobičku, která se bůhví proč schovává za těmi druhými? Mám snad ze sebe vytahovat kdekterý záprtek možného života? Vždyť jich bylo nejmíň půl mandele, těch, které bylo možno jakžtakž rozeznat a pojmenovat, a už to je víc než dost; každý by stačil na celý život, – nač hledat dál! To už by člověk ani nežil a jenom by se přehrabával v sobě –

A tak už nech toho přehrabávání, nikam by to nevedlo. Copak nevidíš, že všichni druzí lidé, ať jsou co chtějí, jsou jako ty, že také oni jsou zástupové? Vždyť ani nevíš, co všechno máš s nimi společného; jen se podívej, – vždyť jejich život je také jeden z těch nesčíslných možných, které jsou v tobě! I ty bys mohl být to, co je ten druhý, mohl bys být pán nebo žebrák nebo nádeník po pás nahý; mohl bys být tím hrnčířem nebo tím pekařem nebo tím tátou devíti dětí, umazaných povidlem od ucha k uchu. To všechno jsi ty, protože v tobě jsou takové ty rozmanité možnosti. Můžeš se dívat na všechny lidi a na nich rozeznávat, co všechno je, člověče, v tobě. Každý z nich žije něco tvého, i ten chlap trhan, kterého vedou četníci s řetízky na rukou, i ten moudrý a tichý lampář, i ten ožralý setník, který zapíjí své hoře, všichni. Dívej se, dívej se dobře, abys konečně věděl, co všechno bys mohl být; dáš-li pozor, uvidíš v každém kus sebe sama, a pak v něm s úžasem poznáš svého pravého bližního.

Ano, je to tak, chválabohu, je to tak; a už nejsem tak sám ve svém já. Lidi, já už mezi vás nemohu, nemohu se na vás podívat zblízka; jenom vyhlížím oknem – třeba někdo půjde: listonoš nebo dítě ze školy, nebo metař, nebo žebrák. Nebo tudy ještě půjde ten mládenec se svou dívkou, budou strkat hlavy k sobě a ani se neohlédnou po mých dveřích. A už ani nemohu stát u okna, mám tak naběhlé a nevládné, jakoby chladnoucí nohy; ale ještě mohu myslit na lidi, ať je znám, nebo neznám, – je jich jako na pouti, takový nesmírný zástup! Bože, těch lidí! Ať jsi kdokoliv, poznávám tě; vždyť tím jsme si nejvíc rovni, že každý z nás žije nějakou jinou možnost. Ať jsi kdokoliv, jsi mé nesčíslné já; jsi to špatné nebo to dobré, co je také ve mně; i kdybych tě nenáviděl, nezapomenu nikdy, jak jsi mně strašně blízký. Milovati budu bližního svého jako sebe samého; i hrozit se ho budu jako sebe, i odporovat mu budu jako sobě samému; jeho břímě budu cítit, jeho bolestí budu sužován a budu úpět pod bezprávím, které se děje na něm. Čím mu budu blíž, tím najdu víc sebe sama. Budu klást meze sobci, neboť jsem sobec, a sloužit nemocnému budu, neboť sám jsem nemocný; neminu žebráka u chrámových dveří, jelikož jsem chudý jako on, a budu se přátelit se všemi, kdo pracují, neboť jsem jeden z nich. Jsem to, co dovedu pochopit. Čím víc lidí poznám v jejich životě, tím víc se naplní můj vlastní. A budu vším, čím jsem mohl být, a to, co bylo jen možné, bude skutečnost. Budu tím víc, čím míň bude toho já, jež mě omezuje. Vždyť to já bylo jako zlodějská lampička, – nebylo nic než to, co bylo v jeho okruhu. Ale nyní jsi ty a ty a ty, je vás tolik, je nás tolik, jako na pouti; bože, oč ten svět naroste druhými lidmi! Člověk by neřekl, že to je taková rozloha, taková sláva!

A to je ten pravý obyčejný život, ten nejobyčejnější život, ne ten, který je můj, ale ten, který je náš, nesmírný život nás všech. Všichni jsme obyčejní, když je nás tolik; a přesto – taková slavnost! Snad i Bůh je docela obyčejný život, jen ho uzřít a poznat. Snad bych ho našel v druhých, když jsem ho nenašel nebo nepoznal v sobě; třeba se může potkat mezi lidmi, třeba má docela obyčejnou tvář jako my všichni. Snad by se ukázal… třeba na truhlářském dvorku; ne že by se zjevil, ale najednou by člověk věděl, že je tady a všude, a nic by nevadilo, že bouchají fošny a sviští hoblík; tatínek by ani nezvedl hlavu, Franc by ani nepřestal hvízdat, a pan Martinek by se díval krásnýma očima, ale nic zvláštního by neviděl; byl by to docela obyčejný život, a přitom taková nesmírná, úžasná sláva. Nebo by to bylo v dřevěné boudě, zavřené na petlici a páchnoucí jako zvíře; taková tma, jen štěrbinou tam vniká světlo, a tu se počne všechno rýsovat v záři podivné a oslňující, všechno to svinstvo a ta bída. Nebo poslední stanice na světě, rezavá kolej zarůstající pastuší tobolkou a metlicí, nic dál a konec všeho; a ten konec všeho, to by byl právě Bůh. Nebo koleje běžící do nekonečna a v nekonečnu se setkávající, koleje, jež hypnotizují; a už bych se po nich nerozjížděl za kdovíjakým dobrodružstvím, ale rovně, rovně, docela rovně do nekonečna. Možná že to tam bylo, že i to bylo v mém životě, ale já jsem to přehlédl. Třeba je noc, noc s červenými a zelenými světýlky, a na stanici stojí poslední vlak; žádný mezinárodní rychlík, ale docela obyčejný osobní vláček, takový krcálek, co staví na každé stanici; proč by takový obyčejný vlak nemohl jet do nekonečna? Bim, bim, zřízenec oťukává kola kladívkem, po peróně kmitá lucerna lampářova a pan přednosta se dívá na hodinky, už by byl čas. Bouchají dvířka vagónů, všichni salutují, hotovo, a vláček se rozjíždí přes výhybky do tmy na tu nekonečnou kolej. Počkejte, vždyť tam je plno lidí, sedí tam pan Martinek, opilý setník spí v koutě jako dřevo, černá holčička tiskne nos na okno a vyplazuje jazyk a z budky na posledním voze zdraví praporkem ten brzdař. Počkejte, já jedu s sebou!

Doktor byl na zahradě, když mu pan Popel přišel vrátit ten rukopis, zase tak pečlivě ovázaný, jako by to byl svazek vyřízených aktů.

"Přečetl jste si to?" ptal se doktor.

"Přečetl," bručel starý pán, a nevěděl, co říci dále. "Poslouchejte," vyhrkl po chvíli, "vždyť mu to nemohlo dělat dobře, psát tyhle věci! To je vidět na tom písmu, jak je na konci roztřesené, jako by mu ruka skákala." Podíval se na svou vlastní ruku; ne, chválabohu, ještě se tak moc netřese. "Já myslím, že ho to muselo rozčilovat, ne? Při jeho zdravotním stavu –"

Doktor krčil rameny. "To víte, že mu to škodilo. Ještě to leželo na stole, když mě k němu zavolali. Asi to právě dopsal, – je-li to vůbec dopsáno do posledního puntíku. – To se rozumí, že by bylo pro něho líp, kdyby si byl vykládal karty nebo tak."

"Třeba mohl být ještě živ, ne?" vyzvídal pan Popel nadějně.

"Ale ano," brumlal doktor. "Ještě pár týdnů nebo nějaký měsíc –"

"Chudák," řekl pan Popel dojatě.

Bylo ticho na zahrádce, jen někde za plotem výskalo dítě. Starý pán uhlazoval zamyšleně ohnuté růžky rukopisu. "Prosím vás," řekl najednou, "co bych já musil říci o svém životě! Holenku, to nebylo tak jednoduché a... obyčejné jako u něho. Vy jste ještě mladý, vy nevíte, co všechno člověk dovede. Kam bych přišel, kdybych to všechno chtěl nějak vysvětlit! Nu, bylo to, a jaképak řeči. A vy, vy jistě taky –"

"Já na takové věci nemám kdy," děl doktor. "Párat se v sobě nebo tak. Děkuju uctivě, já mám dost toho svinstva v druhých lidech."

"Tak vy říkáte," načínal pan Popel váhavě, "raději si

vykládat karty –"

Doktor po něm střelil očima; to víš, budu ti tady dělat ordinaci! "Přijde na to," řekl nevlídně, "co komu dělá nejlíp."

Starý pán zamyšleně mrkal. "Takový to byl hodný, spořádaný člověk –"

Doktor se obrátil a dělal, jako by uštipoval odkvetlý květ. "Abyste věděl," bručel, "ty ostrožky jsem mu tam na zahrádce vyměnil. Aby po něm zůstalo všecko v pořádku."

DOSLOV

Konec trilogie. Jako když odejdou hosté, – byl jich plný dům, a teď je tu najednou ticho; trochu je to pocit vysvobození a trochu opuštěnosti. V tu chvíli si připomeneme to nebo ono, co jsme těm odešlým chtěli říci a co jsme jim neřekli, nač jsme se jich mínili zeptat a neptali jsme se; nebo si vzpomeneme, jaký kdo byl, a vracíme se k tomu, co kdo z nich řekl a jak na nás pohleděl. Ruce složit v klín a ještě pár chvil myslet na ty, kteří tu už nejsou.

Například sedlák Hordubal. Kravský člověk, který se utkává s člověkem koňským, rozpor mezi mužem, který se ze samoty stal cele niterným, a prostými, řekněme brutálními fakty, jež ho obklopují. Ale to není to, to není ten pravý osud Hordubalův. Jeho pravý a nejtrpčí úděl je teprve to, co se s ním děje po jeho smrti. Jak jeho příběh hrubne v rukou lidí; jak se události, jež prožil svým způsobem a po svém vnitřním zákonu, stávají nejasnými a hranatými, když je četníci rekonstruují svou objektivní detekcí; jak to všechno pustne a zadrhuje se a splétá se v jiný, beznadějně ošklivý obraz života. A jak se sám Hordubal rýsuje pokřiveně a skoro groteskně, když veřejný žalobce, mluvčí mravního soudu, volá jeho stín za svědka proti Polaně Hordubalové. Co tu už zbývá z Juraje Hordubala! jenom bezmocný a slaboduchý stařec – Ano, srdce Jurajovo se ztratilo v oněch lidských procedurách; to je ten pravý tragický příběh sedláka Hordubala – a víceméně nás všech. Naštěstí obyčejně nevíme, jak se naše pohnutky a činy jeví druhým lidem; snad bychom se zhrozili toho křivého a nejasného obrazu, který o nás mají i ti, kdož s námi nemyslí zle. Je nutno si uvědomit tu ukrytost pravého člověka a jeho vnitřního života, abychom se snažili ho poznávat spravedlivěji – nebo si aspoň víc vážili toho, co o něm nevíme. Příběh Hordubalův byl napsán nadarmo, není-li jasno, jaká se tu udála hrozná a obecná křivda na člověku.

Naše poznání lidí se namnoze omezuje na to, že jim přisuzujeme určité místo ve svých životních systémech. Jak různě vypadají titíž lidé a táž fakta v podání Hordubalově, v očích četníků a v mravním zaujetí soudu! Je Polana krásná a dívčí, jak ji vidí Hordubal, nebo je stará a kostnatá, jako o ní říkají ti druzí? Tato otázka se zdá být jednoduchá a snad i nezávažná; a přece na ní závisí, vraždil-li Štěpán Manya (který se ve skutečném příběhu jmenoval Vasil Maňák, tak jako Hordubal se vlastně jmenoval Juraj Hardubej) z lásky, nebo ze zištnosti; celý příběh bude vypadat jinak podle toho, jaká bude odpověď na onu otázku. A takových nejistot je tu plno. Jaký vlastně byl Hordubal, jaká byla Polana? Byl Štěpán zamračený násilník, nebo okouzlující strýček, kterého zbožňuje dítě Hafia? A co ta otázka polí, co ten hřebeček? Příběh prvotně jednoduchý se rozpadá v řadu neřešitelných a sporných nejistot, jakmile je vřazován do různých systémů a podroben rozličným výkladům. Třikrát jsou tu vypravovány tytéž události: jednou, jak je prožíval Hordubal, potom, jak je zjišťují četníci, a konečně, jak je hodnotí soud; skřípe to čím dál tím hůř samými rozpory a nesrovnalostmi – přesto nebo právě proto, že tu má být zjištěna pravda. Tím není řečeno, že není pravdy; ale je hlubší a těžší, i skutečnost je rozměrnější a složitější, než jak obyčejně přijímáme. Povídka o Hordubalovi se končí křivdou nesmířenou a otázkou bez odpovědi; propadá se do nejistot tam, kde čtenář očekává, že bude propuštěn v pokoji. Co tedy je skutečná pravda o Hordubalovi a Polaně, co je pravda o Manyovi? Což je-li tou pravdou cosi rozsáhlejšího, co shrnuje všechny ty výklady a ještě je překračuje? Což byl-li pravý Hordubal slabý i moudrý, byla-li Polana krásná jako zemanka i zedřená jako stará chalupnice, což byl-li Manya muž, který zabíjí z lásky, i člověk, který vraždí pro peníze? Na první pohled je to chaos, se kterým si nevíme rady a který se nám nezamlouvá; i jest na autorovi, aby pokud může, dal nějak do pořádku, co takto dopustil.

Tož tady máme Povětroň, trilogie větu druhou. I tu je trojím nebo čtverým způsobem vykládán život člověka, ale situace je obrácená: zde lidé všemožně hledí objevit ztracené srdce člověka; mají jenom jeho tělo, a snaží se k němu najít odpovídající život. Ale tentokrát nejde o to, jak dalece se rozcházejí ve svých výkladech, které si ostatně musili vycucat z prstu (ať to jmenujeme intuice, živý sen, obraznost, nebo jakkoliv); spíš je nápadné, že se tu a tam v některých věcech shodují nebo strefují s pravděpodobnou skutečností, – ale ani o to tak dalece nejde. Každý z nich vřazuje daný fakt – bezvědomé tělo člověka – do jiné životní řady; příběh je pokaždé jiný podle toho, kdo jej vypravuje; každý do něho vkládá sebe sama, své zkušenosti, své řemeslo, svou metodu i své náklonnosti. Jednou je to objektivní diagnóza doktorů; podruhé – v příběhu lásky a viny – ženská účast milosrdné sestry; potřetí abstraktní, intelektuální konstrukce jasnovidcova, a konečně fabulační proces básníkův; bylo by možno vymyslet ještě bezpočtu jiných příběhů; ale autor musil mít tolik rozumu, aby s nimi včas přestal. Všem těm příběhům je společné, že se v nich víceméně fantasticky zrcadlí ten, kdo je vypravuje. Muž, který spadl z nebe, se postupně stává případem doktorským, jeptiščiným, jasnovidcovým a básníkovým; je to pokaždé on a zároveň ten druhý, ten, kdo se jím zabývá. Cokoliv, nač se díváme, je ta věc a zároveň něco z nás, něco našeho a osobního; naše poznání světa a lidí je cosi jako naše zpověď. Vidíme věci různě podle toho, co a jací jsme; věci jsou dobré i zlé, krásné i hrozné, – záleží na tom, jakýma očima na ně hledíme. Jak ukrutně veliká a složitá, jak prostorná je skutečnost, když v ní je dost místa pro tolik různých interpretací! Ale není to už takový chaos, je to zřetelná mnohost, už to není nejistota, nýbrž mnohohlasost; to, co nás ohrožovalo jako slepý rozpor, nám neříká jen to, že slyšíme různá a nesrovnalá svědectví, nýbrž že nasloucháme různým lidem.

Ale je-li v tom, co poznáváme, napořád obsaženo naše já, jak můžeme poznávat tu mnohost, jak se k ní přiblížit? Dělej co dělej, musíme se podívat na to já, které vkládáme do své interpretace skutečnosti; proto musil přijít Obyčejný život se svou páračkou v nitru člověka. A tu to máme, tady zase nalézáme tu mnohost a dokonce i její důvody; člověk je zástup skutečných i možných osob, – na první pohled to vypadá jako ještě horší zmatek, jako dezintegrace člověka, který sebe sama rozcupoval na malé kousky a rozhodil své já do všech větrů. A teprve tady se to autorovi ozvalo: Vždyť je to v pořádku, vždyť právě proto můžeme poznávat a chápat mnohost, že sami jsme taková mnohost! Similia similibus: poznáváme svět skrze to, co jsme sami, a poznávajíce svět objevujeme sebe samotné. Chálabohu, teď už jsme zase doma; jsme ze stejné látky jako ta mnohost světa; jsme doma v té rozloze a nesčíslnosti a můžeme odpovídat těm přemnohým hlasům. Už není jen já, ale my lidé; můžeme se domluvit mnohými jazyky, které jsou v nás. Nyní můžeme ctít člověka, protože je jiný než my, a rozumět mu, protože jsme mu rovni. Bratrství a rozmanitost! I ten nejobyčejnější život je ještě nekonečný, nesmírná je hodnota každé duše. Krásná je Polana, byť byla sebekostnatější; život člověka je příliš veliký, aby měl jen jedinou tvář a mohl být přehlédnut najednou. Už se neztratí srdce Hordubalovo, a muž z nebe spadlý bude prožívat nové a nové příběhy. Nic se nekončí, ani trilogie ne; místo konce se otvírá do široka, tak do široka, pokud člověk stačí.

KONEC

Also Available from JiaHu Books

Osudy dobrého vojáka Švejka za světové války 978-1-909669-45-1

Válka s molky

R.U.R.

Hordubal

Krakatit

Továrna na absolutno

Povětroň

Babička -978-1-78435-077-2

Ziemia obiecana

Ludzie bezdomni

Quo vadis?

Pan Taduesz

Na wzgórzu róż -978-1-78435-074-1

Hiša Marije Pomočnice - 978-1-909669-31-4

Чорна рада - 978-1-909669-52-9

Горски вијенац - 978-1-909669-56-7

Judita

Dundo Maroje

Suze sina razmetnoga – 978-1-78435-059-8

Стихотворения и Проза Ботев 978-1-909669-86-4

Под игото — 978-1-78435-055-0

Епопея на забравените - 978-1-78435-087-1

Az arany ember

Szigeti veszedelem